越玩越聪明

YUEWAN
YUECONGMING

# 跟我学做大侦探

马雪敏◎编著

天津出版传媒集团
天津教育出版社
TIANJIN EDUCATION PRESS

**图书在版编目(CIP)数据**

跟我学做大侦探 / 马雪敏编著. — 天津 : 天津教育出版社, 2013.4
ISBN 978-7-5309-7221-2

Ⅰ. ①跟… Ⅱ. ①马… Ⅲ. ①侦探小说–小说集–世界 Ⅳ. ①I14

中国版本图书馆 CIP 数据核字(2013)第 079782 号

越玩越聪明

**跟我学做大侦探**

---

**出 版 人** 胡振泰

---

**编　　著** 马雪敏
**选题策划** 袁　颖
**责任编辑** 王艳超
**装帧设计** 李　宏

---

**出版发行** 天津出版传媒集团
天津教育出版社
天津市和平区西康路 35 号　邮政编码 300051
http: // www . tjeph . com . cn
**印　　刷** 大厂回族自治县祥凯隆印刷有限公司
**版　　次** 2013 年 4 月第 1 版
**印　　次** 2013 年 4 月第 1 次印刷
**规　　格** 16 开(710 × 1000)
**字　　数** 100 千字
**印　　张** 10

---

**定　　价** 24.80 元

# 前言

如果包公审理的“狸猫换太子”也可以算作侦探故事的话，那么这大概是我能记起的最早的侦探故事了。

但是侦探这个“职业”在我脑海中有明确的概念，则是因为曾看过在中央一套下午6点播出过的《鸭子侦探》。这个动画片一度让我深深地迷上了那只智慧超群、料事如神的鸭子。直到今天，我仍然能依稀记起其中许多引人入胜的推理情节。

比如在一个盗窃案件中，鸭子侦探在看到现场满地都是窃贼破窗而入造成的破璃碎片后，就立即拆穿了保安的谎言，证明了窃贼就是保安。因为保安对鸭子侦探说，他昨晚最后检查的时候还随手拉上了窗帘，而如果窃贼在打破窗户玻璃的时候窗帘是拉上的话，破碎的玻璃片就不会散落得满地都是。这个小故事经过改编也被选在了本书中。

在本书的编写过程中，我的愿望是为读者开启一段奇妙的推理之旅，让读者实现做一回聪明的大侦探的愿望。本书共三章数十个故事，它们或惊悚、或有趣、或能让人深思，但是这些故事的核心却是展现侦探小说中的推理和分析方法。一个个引人入胜又能启发思维的小故事，可以开发培养大脑的以下思维：抽丝剥茧的逻辑思维、足智多谋的谋略思维、去伪存真的科学思维、洞悉一切的博物思维、返璞归真的人性思维、非同寻常的另类思维、拨云见日的终极思维。

我们都知道大侦探福尔摩斯，也都曾幻想过拥有他那神奇的大脑和机智勇敢的品质。其实福尔摩斯的智慧也不能脱离上面说到的那些思维能力，只要你能掌握和灵活运用那些“思维工具”，就可以像福尔摩斯那样通过观察细节、推敲分析，最后查明真相了。

还在等什么，让我们一起去畅游奇妙的侦探世界吧！

# 目 录

## 第一章 火眼金睛

## 第二章　明察秋毫

# 第三章　水落石出

# 第一章 火眼金睛

# 屋子里的电话

午饭过后，斯科特警长正准备休息一会儿。昨天夜里，他由于处理一个盗窃案件，一直忙到现在，好不容易才歇下来。不一会儿工夫，他倚在沙发上打起了呼噜。但是，电话仿佛存心和他作对，“丁铃铃”的叫了起来。

打电话的人着急地说：“是警察局么？我是生物研究院的基米，我的同事格里，说他的女朋友抛弃了他，不想活了，跟我说了一句‘永别了’，就挂断了电话。”斯科特警长问道：“那你为什么不去他家里劝他啊？”基米说：“我没有去过他家，不知道地址，因此只好向警察局请求帮助了！”

斯科特警长立即让基米赶到警察局，同时打开了电脑，搜到了格里的地址，然后和基米一起，跑到了格里的家。

他们敲了几下门，里面没有声音。斯科特警长用力砸开门，冲进去一看，格里吊在客厅的梁上，已经死去。基米号啕大哭：“我的好朋友啊，你为什么想不开呀，都怪我来晚了一步啊！”

斯科特警长戴上手套，开始观察现场。过了一刻钟，他想打电话给法医，让他来检验尸体，但是四下找不到电话机。他就拿出一页纸，在纸上写下了法医的手机号码，交给基米说：“基米先生，劳烦您帮我打个电话，让法医立即过来一下，一定要快！”

基米拿过纸条，马上奔上二楼，跑进卧室里去打电话。等到他打完电话下楼的时候，看到斯科特警长拿着手铐笑着说：“基米先生，你这是自投罗网啊！”

**思考提问**

斯科特警长为何突然发现基米就是杀人凶手呢？

**答　案**

基米说自己从来没有来过格里家，但是他却熟悉电话机在哪里，说明他在撒谎。

# 猫是名探员

一个凄凉的冬夜里，连续几天持续的干燥终于结束了，夜里开始下起小雪夹雨，下了一个小时左右。恰巧在这段时间里，A市近郊却发生了一场恶性逃逸事件，一个喝醉酒的人驾着小轿车撞倒行人后以最快时速驾车逃离现场。

这个醉汉30分钟后逃回市内家里，将小轿车停进了院子里的车库内，车库里只有一层尼龙板顶棚，水泥地面，醉汉用水管冲洗了湿漉漉的车轮，也抹去了地面上小轿车出入的痕迹。幸亏车身上没有留下明

显的痕迹，连车灯也没有损坏，醉汉把被雨淋湿的车身用干毛巾擦过，又把一个车轮胎的气放掉。但是，在醉汉逃离现场的时候，有目击者记住了他的车牌号码。

夜里11点时，警察找到了逃逸者的家，检察存放在车库里面的汽车，并询问他作案时间的不在现场证明。

“正如你所看到的，我的车子昨天就‘放炮’了，今天一次都没开出去过。因此，罪犯不是我，目击者肯定是记错了车牌号码。”罪犯辩解说。

车前盖上不知什么时候留下几道猫爪印儿，是猫带泥的爪印和卧睡的痕迹。

“你家里养猫了吗？”

“没有，这是邻居家的猫，或者野猫吧，时常钻到我家院子里来，在车上乱蹦乱抓地淘气。”

“的确，如果是这样，你说的这车子昨天就‘放炮’了的话就不能令人信服了！你可以若无其事地撒谎，可猫和轿车都是老实的。”刑警当场就揭穿了他的谎言。

## 思考提问

刑警看到前车箱盖上印着猫走过的泥爪印，怎样揭穿醉汉的谎言的呢？

## 答　案

寒冷的冬天，猫之所以喜欢爬到汽车前箱盖上去，是因为那里温暖。罪犯扔下被撞的行人不管，逃到家里，将车存放在车库里面。但是，那之后即使马达停转，但车箱内的热量不会马上散失掉。对于猫来讲，前箱盖是很好的取暖设施。如果猫在事发前上过车箱盖的话，之前连续几天干燥天气，是不会留下泥爪印儿的。之后下了雨，而且车库旁边的院子地面也是潮湿的，因此，猫才爪子带着泥爬上了车箱盖。

# 大盗作案之谜

在遍地是树木的爱尔兰高原上，座落着男爵的别墅。一天晚上，有个蒙面人潜入室内，把男爵夫妇用绳子捆起来关进厕所里，抢走了大量的珍宝。

接手这个案件的是布莱克，当他了解案发前一天怪盗朗班在伦敦停滞的消息后，猜测肯定是他作的案，便立刻来到朗班下榻的伦敦饭店走访。

“朗班先生上个周六夜里去过爱尔兰高原的别墅吗？因为有人看见你了，所以你想躲也是躲不了的。”布莱克讲道。

“是的，是去过。有什么事情吗？”

“那天晚上男爵的别墅闯进一个蒙面强盗，盗走男爵夫人的珍宝后逃走了。那个罪犯就是你吧？”

“乱讲什么！事件到底是什么时候发生的？”朗班一本正经地反问道。

“罪犯抢走珍宝的时候，用绳子把男爵夫妇捆起来，不知道为什么又把他们关进厕所里。事后男爵讲，事发时是晚上9点零5分，当时他看了一下房间里的表。”

“如果是夜里9点零5分，我有当时不在作案现场的证明，我不是强盗。那天晚上9点16分时我在S车站，无论如何10分钟是不够从男爵别墅赶过来的。”

“噢！看来你对男爵的房子很熟悉呀。”布莱克讽刺地说。

“去年赛马时应邀去住过一夜。”怪盗朗班勉强笑着说。

男爵的别墅离S车站有相当远的一段距离，再近的路程也得要30分钟。所以，如果朗班从S车站乘坐晚上9点16分发的末班车是事实的话，他不在作案现场的证明是成立的。

布莱克侦探已经去过S车站，让车站工作人员看过朗班的相片，证明了他没有说谎。从S车站上车的旅客只有朗班一人，而且他也没有化妆，车站工作人员及列车员都清楚地记得他。

“但是，朗班先生，10分钟之内是有办法从别墅到S车站的。”布莱克探员说。

“而且，对于你这个阴险的人来说，绝对不会坐别人的马车。男爵

的别墅里倒是有个马棚，而且还有一匹马，在马棚外面还停着一辆自行车。”

“接下来你会说我使用了这两种工具的一种。如果这样，我就会把它扔到车站附近的什么地方。你发现哪种工具了吗？”朗班大声地反驳道。

“不，男爵夫妇一个小时后挣脱了绳索，出厕所去察看四周情况时，看到马仍在马棚里，自行车也放在原处未动。但是，马棚的门从里面是打不开的，只有从外面推才能打开。因此，朗班先生，我已经明白你搞的什么把戏。还是把盗走的珍宝老老实实地还回来吧，不然我要报警了。”布莱克严肃地说。

**思考提问**

大盗朗班用什么工具只花10分钟就跑到S车站的呢？

**答　案**

大盗朗班从别墅上马飞奔到S车站，并在S车站附近下马，把马放走，自己奔向S车站乘上21点16分的末班车，回到伦敦自己的住处。没人管的马自己回到了马棚。因为马棚的门由外往里是能够打开的，因此马可以自己走进马棚。

# 遍地的玻璃

这天，有家工厂打电话报警，说工厂发生了盗窃案，放在财务办公室保险箱里的10万元现金不见了。

斯科特和警察赶到了现场，只见办公室的玻璃窗被打碎了，房间的地面上都是碎玻璃，看样子小偷是从窗子跳进来作案的。

当晚值班的保安对警察说："小偷肯定是后半夜作的案，因为我12

点钟巡视了一遍，曾经到财务室巡视过，当时门窗都好好的。”

警察追问道：“你肯定吗？”

保安点点头：“当然，我还用手拉上了窗帘呢。”

警察指了指地上的玻璃碎片：“可是地上的碎玻璃相当多，看起来当时小偷砸玻璃时用了相当大的力气，难道你没有听见声音吗？”

“没有，”保安摇了摇头说，“厂房旁边有条铁路，可能小偷是趁火车经过时把窗子砸碎的。火车经过时，什么都听不见了。”

一直站在旁边的斯科特忽然打了个响指，冲着保安说：“不要辩解了，你就是小偷！”

**思考提问**

你知道斯科特是怎样做出判断的吗？

**答　案**

保安说他在玻璃打碎前拉上了窗帘，如果真的是这样，小偷打碎玻璃时，碎玻璃被窗帘挡住，就不会落得遍地都是了。因此斯科特断定这个人在说谎。

# 火车里的劫案

邮件车厢里，一箱托运的贵重古董被人盗走了。警探罗根恰巧在这列火车上，他来到现场，却只发现了两只抽剩下的烟头。

罗根让值班员皮特回忆一下当时的情况。皮特说：“中午，我们领导送来一个邮件，说里面有很珍贵的东西，让我重点看着。火车行进了一段时间，我听到有人在敲门，先是两下轻的，随后是三下重的。我以为是乘务员，就将门打开，但是却闯进来两个人，他们都戴着头套，只

露出两只眼睛。他们将我打倒后，俩人各抽了一支烟，还说了些什么，可是火车声音太大了，我没有听清楚……”

罗根听到这里摆了摆手说：“皮特先生，我认为你有很大的疑点，你刚才说的这段话里漏洞实在是太多了……”

## 思考提问

请问，皮特的话里面到底有哪些漏洞呢？

## 答 案

一、劫匪戴着只露眼睛的头套，怎么能够吸烟呢？二、火车声音太吵，连说话都听不见，皮特怎么还能听见那两声轻轻的敲门声呢？话里面的矛盾太明显了，稍加注意就知道他在说谎。

# 县太爷判案

酒仙范大，醉酒后经常称自己把别人扔到了沟里去。

这天，范大又多喝了酒，喝醉后对酒友讲："昨天我把一个有钱的商人扔到了深沟里，从他身上拿了很多钱。"酒友真的相信了，就把范大告到了官府。

这时恰巧有一妇人前来告状，说有人把她丈夫杀死扔到了深沟里，丈夫在外做生意赚的钱都被人抢走了。县令跟着妇人去验尸，尸体衣衫褴褛，没有脑袋。于是县令说："你一人孤苦伶仃的，怎样生活呢？一旦发现尸体的头颅，定案之后，你就可以再嫁了。"

第二天，与妇人同村的李四来报告，说他找到了尸体的头颅。

这时，县令忽然指着妇人和李四说："你们两个就是罪犯，还敢诬陷范大？"

两人不服，等县令把证据拿出来之后，二人不得不承认勾结在一起，谋害该妇人丈夫的事实。

## 思考提问

县令的证据是什么？

## 答　案

尸体在深沟里，怎样能够确信是自己的丈夫呢？一定是事先知道丈夫死在那儿。头颅在哪儿，李四为什么如此熟悉？又这么着急地来报告呢？肯定是想与妇人早日成亲。

# 毒酒和美酒

战国时期，秦国实行商鞅变法，法度严明。秦孝公有一幕僚，被称为天下第一智者，犯下错误，按律当斩。秦孝公惜才，想救他一命，但又不能破坏秦国律法。于是，他设计了一个特殊的行刑方法，希望智者能运用自己的智慧来自救。刑场上站着两位武士，手中各拿着一瓶酒。秦孝公告诉智者：第一，这两瓶外表上看不出区别的酒，一瓶是美酒，一瓶是毒酒；第二，两位武士有问必答，但一个只回答真话，另一个只回答假话，并且从外表无法断定谁说真话，谁说谎话；第三，两位武士相互间都互知底细，即相互之间都知道谁说真话或假话，谁拿毒酒或美酒。现在只准许智者向两位武士中的任意一个提一个问题，随后根据他们的回答，判断哪瓶是美酒，哪瓶是毒酒。智者略

一思考，提出了一个巧妙的问题，顺利地识别出了美酒并一饮而尽。结果，他被免于一死。

## 思考提问

如果你是智者，你将如何设计问题，并喝到美酒呢？

## 答　案

智者可以向两位武士中的任意一个提问，不如向甲提出如下这个问题：

“请告诉我，乙将怎样回答他手里拿的是美酒还是毒酒这个问题？”

如果甲说，乙回答他手里拿的是毒酒，则实际上乙手里拿的肯定是美酒。因为假如甲说真话，但实际上，乙确实回答他手里拿的是毒酒，又因为在这种情况下，乙说假话，因此事实上，乙拿的是美酒；假如甲说假话，则实际上乙回答的是他手里拿的是美酒，又因为在此情况下，乙说真话，因此事实上，乙拿的是美酒。也就是说，不管甲乙两人谁说真话，谁说假话，只要智者得到的答案是乙手里拿的是毒酒，则实际上乙手里拿的一定是美酒。

同理，如果甲说，乙回答他手里拿的美酒，则事实上乙手里的一定是毒酒。

智者设计的这个问题，巧就巧在他并不需要知道两位侍者谁说真话谁说假话，就能确定得到的肯定是个假答案。因为假如甲说真话，乙说假话，则情况就是甲把一句假话真实地告诉智者，智者听到的是一句谎话；假如甲说假话，乙说真话，则甲就把一句真话变成假话告诉智者，智者听到的还是一句谎话。总之，智者听到的肯定是一句假话。

# 花园里的枪声

福伦驾驶着警车，正在一个花园附近巡逻。这一天的天气晴朗，又是星期天，一大早，孩子们就牵着大人们的手，活蹦乱跳地跑到公园后，放开大人的手，欢呼着向儿童乐园跑去。头发银白的老人们，互相搀扶着，一边唠叨着什么，一边慢慢地走到树林边，尽情地呼吸新鲜空气。

银行家金斯基刚刚退休，他再也不用像以前那样，早晨一睁开眼

睛就忙碌到天黑。现在他每天起床后做的第一件事，就是到花园里散步，反正花园离家不远，只有五分钟路程。

花园门口，两辆轿车撞在一起，福伦警长把警车停住，准备走过去处理。这时，花园里传来一声枪响，随后传来了人们的惊叫声："不好啦！有人被杀了！"福伦警长一听，转身向花园里跑去。他来到现场，只见金斯基头部中了两枪，躺在地上死了。福伦警长询问旁边的游人，很多人都说，是听到枪声后才赶过来的，没有看到谁开的枪。

这时，有个人拽住福伦警长，轻声说："我叫约尼尔，是花园里的清洁工，我有重要线索向您汇报。"

约尼尔说："我刚才在河的对面扫地，远远地看到这里有个陌生人在和金斯基说话。他的声音很轻，金斯基的声音非常大，我转身的时候，就听到了枪响。"福伦警长问："你听见他们说了些什么吗？"约尼尔说："距离太远了，我怎么能听见呢？"福伦警长听了以后讲："我怀疑你就是杀人凶手！"

**思考提问**

福伦警长为什么怀疑约尼尔就是凶手呢?

**答　案**

约尼尔说的话自相矛盾，他说听不见河对面两人说些什么，那么他怎么可能知道谁说话的声音轻或大呢?

# 古楼谋杀案

立昂先生是位百万富翁，近来他买下了一座古堡，将它改造成古色古香的酒店，吸引了不少游客。可酒店经常发生神秘的自杀事件。名探亨特和助手乔装之后，住进了酒店，决心查明真相。

立昂热情地接待了他们，将他们安排在第五层的508房间。当三人来到第五层时，亨特看见房间附近有一扇大铁门，就问立昂那是什么地方。立昂说："想参观吗？请帮我拉一下。"两人一起用力拉开了重重的铁门。铁门内是一个漆黑的无底洞。立昂笑着介绍说："这洞是500年前用来处死犯人的，近来有些客人也跳进这洞自杀了。"三人退了出来，关上铁门。进了508房间，亨特悄声告诉助手要注意立昂。

夜里，他俩和衣躺在床上。半夜时分，

门外忽然传来一声惨叫，亨特一个箭步冲出房间，只见那扇铁门大开。不一会儿工夫，不少游客聚拢过来，大家议论纷纷。这时，立昂从自己的房间走了出来，他难过地说："306房间的客人想不开，跳下去自杀了。"亨特的助手打断他说："住口！这是凶杀，你就是凶手！这门一个人根本拉不开，他怎么会打开铁门跳下去自杀呢？""那你凭什么怀疑是我杀了他呢？"狡猾的立昂反问道。

神探亨特拿出证件亮明身份，并对大家说了一番话，立昂像泄了气的皮球一样瘫在地上。

**思考提问**

你知道侦探亨特说了些什么话吗？

**答　案**

无底洞漆黑一片，立昂还没有去看死者是谁，就说是306房间的人自杀了，可见他就是凶手。

# 雪天凶杀案

今天下了整整一天的大雪，地上的雪积得厚厚的。到了夜晚的时候，大雪才停。大田警长刚刚吃过晚饭，就接到报警电话，报警的人是国立大学的中村教授，他焦急地说："警长先生，我、我的学生贞子……被人谋杀了！"警长问："你在哪里？"中村教授说："就在贞子的宿舍里，学生公寓203宿舍……"

大田警长开着警车，向国立大学赶去。因为路上的积雪很厚，他不得不小心翼翼地开车。过了20分钟，他来到学生公寓，敲了敲203宿舍的门，中村教授立即打开了门。大田警长走了进去，带上手套，仔细察看现场。他发现贞子是被人掐死的，已经死亡了一个小时。

中村教授很瘦小，但是说话的声音很大。他告诉大田警长说："贞子是我的学生，今天下课以后，她到办公室来找我，说她有一篇论文，想让我帮她修改一下。我和她约好，晚上7点钟到我家里来。她说，她公寓里的同学今天夜里都外出了，她一个人在那里有些害怕，让我还是到她宿舍去，我答应了。吃过晚饭，我来到她的宿舍，敲门敲了许久，没有人来开门，我轻轻地推了下门，发现门没有锁，进去之后，就看到贞子躺在地上，已经停止了呼吸，我马上报了警。"

大田警长走到门外，发现门外的雪地上，除了他自己的脚印之外，还有两串脚印，一串是浅浅的女鞋脚印，是贞子的，还有一串很深很深的脚印，那是教授皮鞋留下的。那么凶手的脚印又在哪里呢？大田警长看了看瘦小的教授，立刻明白凶手是谁了。

**思考提问**

你认为凶手的脚印到底在什么地方呢？

**答　案**

凶手的脚印就是教授留下的皮鞋脚印。教授很瘦小，但是脚印却很深很深，实际上，是教授把贞子叫到家里，谋杀了她以后，背着她到公寓里，随后打电话报警的。

# 监狱姐妹花

嘉利与珍妮姐妹俩,是被关押在"丛林"监狱里的罪犯。一个因为偷窃超级市场的货物而被捕,一个则因为吸毒而被拘留,两人恰巧关在同一间牢房里。在愚人节这一天,姐妹俩有个约定:姐姐嘉利在上午说真话,下午说谎话;妹妹珍妮在上午说假话,下午说真话。

嘉利与珍妮姐妹俩外貌相像，只是高矮略有差别，外人简直分不清楚谁是姐姐，谁是妹妹。因此，当监狱的看管员进牢房提审嘉利时，他也弄不清楚了。可是他知道在这一天姐妹俩的约定。

他问道："你们俩哪个是嘉利？""是我！"个子略高的一个回答说。"是我！"个子略矮的一个也这样回答。看管员考虑了一会儿以后，提出了一个问题："现在是几点钟呢？"个子略高的一个回答说："快到中午12点了。"个子略矮的一个回答说："12点已经过了。"根据两人的答话，聪明的看管员马上就判断出了哪个是嘉利。

## 思考提问

请问：看管员到牢房去是在上午，还是在下午？个子略高的那个是嘉利，还是珍妮？

## 答　案

当时是上午，个子略高的是姐姐嘉利。我们可以用假设法来解此题。

设：当时是下午。

如果当时是下午，那么嘉利是说假话的，珍妮是说真话的，因此当看管员问"你们当中哪个是嘉利"时，无论个子略高的还是个子略矮的都会说"不是我"，而她们俩却都说"是我"。可见当时不是下午，肯定是上午。

既然当时是在上午，那么"快到中午了"这句答话是真话，也就是略高的一个是说了真话；"12点已经过去了"则是一句假话，也就是说个子略矮的一个说的是假话。因为知道在上午说真话的是嘉利，说假话的是珍妮，所以个子略高的一个是嘉利，个子略矮的一个是珍妮。

# 枪柄杀人的秘密

早上，送早餐的女仆发现议员查理士先生的妻子梦露沙夫人被谋杀了。梦露沙夫人身穿睡衣，躺在卧室地板上，已经停止了呼吸。

女仆人吓得当场就晕过去了，管家马上报了警。因为涉及议员，当地警局非常重视，他们派出了最精干的侦探，还特地邀请了马可侦探前来协助调查。

马可到达现场的时候，初步调查已经告一段落。经过法医鉴定，梦露沙夫人是被钝器狠击后脑，导致颅脑损伤致死，死亡时间大约是在晚上11点到12点之间。

凶手没有在现场留下任何痕迹，没有指纹，没有脚印，没有目击者，好像是一起古堡幽灵式的恐怖谋杀案件，而不是某个人精心策划的谋杀案。

马可认真侦查了现场，发现在床下有一把手枪，经过检查，手枪枪柄上有受害者的血迹，看来它就是杀死梦露沙夫人的凶器。事情变得越发离奇：既然凶手有手枪，为什么把它拿来当锤子用呢？这完全没有必要啊。

“天哪，我亲爱的梦露沙！”刚从外面回家的查理士先生一脸悲伤。他告诉马可，他昨天整夜都在伦敦参加一个会议。接着，他紧紧拽住马可的手说：“我愿意悬赏10万英镑抓住那个砸死我爱人的凶手，请你一定要帮助我！”

马可安慰了查理士，然后和警探们开始讨论案件。因为线索太少，能够圈出的嫌疑人仅限于仆人和管家，但又全都一一排除了。最后，大家用期待的眼光看着马可，等待这位大侦探下结论。

马可反复思索关于手枪的问题：“为什么一个凶手有手枪不用，

却要把手枪当锤子来用呢？这不是非常愚蠢吗？那究竟是什么原因呢？”

突然马可想到了什么，他大声对警探说：“我知道凶手是谁了！”

## 思考提问

马克是如何知道谁是凶手的呢？

## 答　案

凶手害怕发出声响被人发现，才把手枪当锤子用，这表明他一定是梦露沙夫人熟识的人；梦露沙夫人能穿睡衣会见的客人并不多，而仆人没有告知有客人到访，表明凶手可以自由出入。作为丈夫的查理士先生一进门，就宣布捉拿砸死梦露沙夫人的凶手，又很不合情理，况且当时他对案情还一无所知，这样着急地表态，说明即使他不是凶手，也肯定是雇用凶手的人。

# 谎言后面的真相

S高原的别墅圣地比往年提早半个月下了第一场大雪，积雪足足有30厘米厚。

大雪是在星期六清晨6点钟停的，可中午刚过，在被大雪封门的圆木造的别墅里，却发现了广播电台的作家梅本大作的尸体。发现者是从东京刚回来的梅本的夫人。他的胸部、腹部被菜刀砍了数刀，倒在雪地里。推断死亡时间是当天上午9点左右。

被害人前几天为写一个电视剧一个人来到这里。房子的后门戳着一套滑雪板。上午一直有积雪的新雪上面留下两条滑雪的痕迹，那滑雪板的痕迹一直通向离此处有40米远的一所红砖别墅。去那幢别墅一直是上坡路。

在红砖别墅里住着电视演员小池美江子，她是一个人来此静养的。警察很快访问了她。当问到与被害人的关系时，她并没有露出反感之情，作了如下答辩：

“星期五中午，梅本来到我的别墅。不一会儿就下起了大雪，于是在我这里过了一夜。今天清晨起来一看，大雪已经停了，我们一起喝了速溶咖啡，8点钟左右，他回自己的别墅去了。因为说是中午夫人要来，害怕和我的关系暴露，他就慌慌张张地离开了。”

“你门外面的滑雪痕迹是他回家时留下的滑雪板痕迹吗？”

“是的。我家有两个滑雪板，一套就借给了梅本。因他不太会滑雪，抬起屁股、似站非站地滑回去了。”

“你滑得好吗？”

“一般还滑得来，可昨天有点感冒，积雪以后就还没出过门。证据就是我的别墅周围除了梅本回家用的滑雪板的痕迹外，再也没别的痕迹。”小池美江子强调说，雪上没有留下自己的脚印。不错，正如她说的那样，在积雪30厘米厚的雪地上，只留有梅本从美江子的别墅沿着斜坡回到自己住所的滑雪板的痕迹，没有其他任何滑雪和鞋子的痕迹。

梅本的滑雪板痕迹也不是一气滑下去的，中途似乎多次停下来，左右滑雪板的痕迹或是离开较宽或是压在一起，显得零乱。他果真滑雪技术很差。

梅本在自己别墅被杀的时候，已经是三个小时之前。雪停之后，假如作案后罪犯从现场逃跑的话，当然会在雪地上留下足迹的。可夫人看到了丈夫的尸体时，不知为何并没有那种足迹。

这样的话，仍然是小池美江子值得怀疑。于是，警察严肃地追问她。

“被害人的夫人说一定是你杀害了他，你要和被害人结婚，但是被害人又没有与妻子分手的勇气，你是厌恶他这种犹豫不定的态度，一气之下杀了他的吧？”

“那是夫人胡说。雪停之后，我一步也没离开过自己的房子，不可能去杀人呀。”美江子很冷静地反驳说。

不过没有多久，美江子的犯罪事实终究还是被揭穿了。解决问题的关键就是她别墅门外的那棵松树。那棵松树上的积雪有一半落在地面上，警察发现后立刻揭穿了美江子的谎言。

## 思考提问

那么，那是什么方法呢？

## 答　案

说梅本昨天晚上在小池美江子的别墅里过夜，这纯熟谎言。他在下雪之前就一直在自己的别墅里了。星期六清晨，雪停之后，美江子滑雪来到梅本的别墅。但当时只使用了单只滑雪板。而且，美江子在自己别墅门前的那棵松树上拴了一条绳子，她是抓着绳子滑下来的。当到了梅本的别墅后，为了不让绳子碰到雪面，她把绳子系到了后门的柱子上。

作案结束后，美江子拽着那条绳子，一边往身上缠绕，一边用单只滑雪板缓慢地爬上斜坡返回了自己的别墅。这样，雪地的斜坡上就只留下了两条滑雪板的痕迹，造成了梅本自己从美江子别墅滑雪回去的假象。而梅本别墅后门戳着的两只滑雪板，是美江子听了要下大雪的天气预报后，前一天事先拿到这儿的。因拉着拴在树上的绳子往返，松树被拉得摇摇晃晃，因此枝叶上的积雪落到了地上。

# 老警察说狗

老赵是一位有着20年警龄的老警察。一天晚上，他经过一家老板的豪华住宅时，在路灯下看到一个西装革履的小青年，手里拿着一个大提包，正从大门里行色匆匆地走出来。小青年看到了穿着警察制服的老赵，不由得一怔，就加快了脚步，想从他身边跑过去。

老赵对这一带居住的人非常熟悉，他看到这个小青年面孔很陌生,凭着直觉,便叫了一声:“你,站住!”

那个青年停下了脚步,问道:“有什么事情?”老赵朝他全身上下打量了一番,发现这个青年故作镇静,但眼神却飘忽不定,不由得起了疑心:“这么晚了,你做什么去了?”

小青年立即回答道:“我就住在这里,公司里有事,回家拿东西。”说完就要走开。

老赵侧耳听了听住宅里的动静,心中更加怀疑了,外面这样大声讲话,屋里一点儿声音没有,这说明屋子里根本没人。于是他对小青年说:“请你跟我走一趟。”

小青年急了:“怎么我回家里拿点儿东西,难道也犯法吗?”刚说完这话,从院子里跑出来一条很漂亮的卷毛小狗,向着这个小青年直摇尾巴。小青年摸着小狗的头说:“你看,这是我家的小母狗,名叫‘美丽’。”

老赵这下没有理由再怀疑了,连小狗都对他这么亲热,看样子或许自己真的弄错了,于是说:“抱歉,请你走吧。”

恰巧这时,小狗忽然跑到一边的小树旁,抬起一条后腿,撒了一泡尿。老赵看见,立即伸手抓住这个小青年说:“错不了,你肯定是个小偷。”

**思考提问**

为什么老赵那么肯定这个小青年是小偷呢?

**答　案**

公母狗儿撒尿的习惯有区别，只有公狗才会抬起后腿。小青年把小公狗说成是他家的“小母狗”,恰好暴露了自己小偷的身份。

# 第二章　明察秋毫

# 赫尔小姐的路遇

赫尔小姐驾着两用车到达阿尔巴尼时,夜幕已经降临了。这里离她要去的目的地还有50千米，她想还是再核对一下旅游路线为好,于是下车走进路边的一家酒店。

两杯热饮下肚之后,劳累的身体感到十分舒适,当赫尔小姐再仰起头时,看见一名英俊的小青年正坐在对面痴痴地看着她。

小青年说他叫哈林顿，他多少次做梦都梦见和赫尔小姐一模一样的人，今天总算见到了。赫尔小姐听了很高兴，或许所有的女人都爱听这种浪漫的话吧，他们不一会儿就共饮起来。

小青年听说赫尔小姐要到阿尔巴尼，并且道路不熟，就告诉赫尔小姐说这地方很不安全，有一个叫巴比伦的坏人常常在这路上拦劫。后来他自告奋勇地表示要做她的保镖，把赫尔小姐护送到目的地。

他们行驶了只有5千米，一辆汽车明亮的前灯光从后面照来。

哈林顿转身去看，突然大喊："是巴比伦，大胡子巴比伦，我认得他，他会杀死我们的！"

哈林顿要赫尔小姐拐进旁边的小路避一避，那里一片漆黑，赫尔小姐毅然决定依旧沿着这条大道往前开。后面的车很快超过他们继续向前行驶了。哈林顿又吓唬她说："巴比伦一定是准备在前边拦劫我们。"

这时赫尔小姐已经看破了哈林顿的计谋——他想把自己带入歧途再图谋不轨。当赫尔小姐指出他的阴谋诡计时，一场闹剧结束了。

赫尔小姐一个人驾车疾驶而去，虽然感到倒霉，但也不乏识破诡计的快意：今后自己更能够警惕甜言蜜语背后的狡诈了。

**思考提问**

赫尔小姐依据什么断定自己在遭暗算?

**答　案**

当后面轿车明亮的灯光射来时，是看不清坐在轿车里的人的。哈林顿说他看到了盗贼巴比伦，完全是别有用心。

# 岸边谋杀案

因为在大峡谷河上游找到了古代遗迹，于是文物工作者波特、亚瑟和斯特劳三人组队前往考察。

一天夜里，波特一人外出调查后便再也没回旅馆，大家都很为他担心。第二天上午，波特的尸体在河边的悬崖下被人找到了，看上去像是死于坠崖，纯属意外事故。

经法医鉴定，波特死于昨晚10点左右。勘察现场时，发现死者右手边的沙地上写着一个“Y”。

“这是临终留言。是死者被杀前将凶手姓名留下作为线索吧？”朗波侦探问道。

“那个叫亚瑟的很可疑。因为他名字的开头是‘Y’。”警官讲道。

亚瑟辩解说：“别——别开玩笑了，我一直在旅馆里，怎么会杀波特呢？”

“等等，医生，被害者是颈骨折断后马上死亡的。昨晚10点你在哪儿？”

“我一个人在房间，没有办法提出证明。不过，假如我有嫌疑，斯特劳也有嫌疑。”

斯特劳生气地说：“你在胡说什么！”

“不对吗？昨天波特偶然找到了许多陶偶，你要求和他共同研究，结果遭到拒绝。”

“我承认，可你也说过这话。还有那个叫拉维尔的老头也很可疑。”

警官追问：“哪个拉维尔？”

“就是那个对乡土史很有研究的拉维尔。他一个人默默地调查遗迹，我们加入后他很生气，对我们提出的问题，他一概不回答。”

警官双手环抱胸前，不知在想什么。忽然，朗波有了新发现：“被害者把手表戴在右手腕上，那么显示，波特应该是个左撇子了？”

“对！”

“嗯，还有一个问题，斯特劳先生，你和波特认识多长时间了？”

“昨天才见面的。”

“很好，凶手是谁已经很清楚了。”

**思考提问**

那么到底凶手是谁？又是怎样判断的？

**答　案**

被害者是颈骨折断后当场死亡的，他根本不可能在地上留下字迹。因此，“Y”字是凶手写的。可以肯定不是拉维尔，因为拉维尔根本不认识这三位考古者，当然不可能知道“Y”这个字母。亚瑟也不是凶手，假如是他，就不会留下自己名字的符号。不错，凶手是斯特劳，他将三人中的一个杀害，嫁祸于另一个人，目的是将三个人的研究成果据为己有。

# 奇怪的下毒案

宴会的气氛十分热烈，就连张平和肖欣这两个冤家对头都没有表现出敌意。相反的，肖欣主动地坐到主人张平旁边，以此来表示对他的友好。

这时张平站了起来："今天难得大家捧场，不喝点酒怎么行呢？"于是他走到后面去拿了酒和一些杯子来。大家纷纷上去各自拿了一个杯子，随后张平把酒瓶给了肖欣："你来倒酒吧，此前的恩怨就随这杯酒都算了！"肖欣有点意外地接过瓶子，给每个人倒了酒，然后假装不经意地看看张平的夫人。张夫人的脸色瞬间变得苍白，把头扭开了。其实在场的人都明白，当初张平和肖欣结仇就是因为肖欣和张平的夫人有私情。不过现在看到他们友好，大家还是很高兴。肖欣倒完了酒，回来坐在张平的右边，张夫人反倒坐在肖欣的右边了。

这时张平看看表，忽然说："不好，我忘了个重要的约会了，我陪大家喝两杯就走吧。这第一

杯,就当是敬肖欣的吧。”说着站了起来,挨个给在场的人敬了酒。在坐的各位也都站起来喝了一杯。肖欣也拿起杯子站了起来,说:“我也敬大家一杯。”说着端着杯子也挨个敬酒。就在这时候,停电了!几秒钟后,灯又亮了。大家虚惊一场,坐下继续喝酒吃东西。猛然间肖欣脸色一变,身体往后倾倒!张平和他挨得最近,连忙扶住他,却见他的脸色顿时就变了:“死了!中毒的!”他立刻转身端起肖欣的酒杯,闻了闻,说:“氰化物中毒。”

大家都知道张平是学医的,他说是中毒就是了,并且从死者的脸色很容易看出来。大家立即乱起来,有人去打电话,有的保护现场,有的陪张平把酒杯用塑料袋装起来,等警察来查证。

X侦探很快就赶到了现场。警察细细地检查了酒杯,证实是有毒。很明显,当时坐在肖欣旁边的张平夫妇最可疑了。可是张平一点儿也不慌:“你们认为是我杀了他对吗?但是这里的人都可以作证,酒是他自己倒的,杯子也是大家乱拿的。而且停电的时候,肖欣恰好走到别处敬酒,杯子他端在手里,而我一直都坐着,怎样把毒下到他的杯子里又不被发现呢?”

X侦探摇摇头,说:“不可否认你确实很聪明,不过我知道你肯定是凶手!”

**思考提问**

你能说明为什么X侦探确定张平是凶手吗?

**答　案**

毒没有放在杯子里,而是下在凶手自己的餐具比如刀叉上的,他乘停电的时候把自己的餐具和死者的互换了,死者用有毒的餐具吃东西后中毒而死。杯子里的毒可以是他在假装检查杯子的时候下的。因此凶手是房间的主人,因为只有他才能设定停电的时间。

# 蓝天陷阱

飞机起飞30分钟后，两名男子冲进后舱配餐室，持手枪对准空中小姐，让她接通了机长的机内电话。两名男子中有一人抢过电话说："是机长吗？你好好听着！这架飞机被我们劫持了，空中小姐是人质。下面你要按照我的命令做。首先让全体乘客都系上安全带。"

"明白，你们的目的是什么？"机长回答道。"这个一会儿告诉你，快

点儿指示系安全带！”罪犯随即挂断了电话，机长马上发出系好安全带的信号。客舱中乘客的议论声四起，但都按指示系上了安全带。“你们全坐到空着的座位上系上安全带！”罪犯命令着乘务员，又拿起电话与机长通话：“现在我要到你那里去，把驾驶舱的门给我打开。不要做什么傻事，这里我的伙伴正把乘客作为人质。”“知道了。你来吧，我们谈谈。”

两名罪犯拿着手枪出现在客舱。一边缓步穿过舱道，一边确认乘客是否都系上了安全带。其中一人站在舱道中央大声地讲道：“诸位，该机被我们劫持了，我们不打算伤害各位，到达目的地后会释放女人和孩子……”可是这种有滋有味的演讲未能进行完。几分钟后，这一事件便落下了帷幕，两名罪犯丝毫没作抵抗就被乘客制服了。

## 思考提问

你知道这是怎么回事吗？

## 答　案

正在罪犯演讲时，机长操纵机体突然下落了大约50米，紧接着又上升了30米左右，造成“蓝天陷阱”现象。因为两名罪犯站在舱道上没系安全带，所以头重重地撞到了机舱顶篷，晕倒了。因为乘客和乘务员们都系着安全带，所以平安无事。蓝天陷阱，也称“乱气流”，指空中因气流下降等原因使飞机忽然下落的现象。

# 奇怪的两声巨响

某豪华客轮行驶在大西洋途中，突然触礁沉没。

事前，该轮船曾经保有巨额航海险。失事后，承保的保险公司理应负赔偿的责任，但在赔款之前，需要经过仔细的调查。

保险公司王科长接办此案，因王科长手头正在办理另一个案件，就委派助手小李先行调查。

小李先向一位幸存的女游客取证。女客说：“该轮船触礁后，我

便登上救生艇离开了现场，遥望轮船渐渐下沉，大约隔了三刻钟后，忽然听到巨大的爆炸声，该轮便完全沉没了。”

小李又问了好几位救生艇上的游客，他们都给出了同样的答案。

后来又问到一位逃生的男游客，他的答复与众不同。他说：“该轮船触礁后，我因善于游泳，便独自跳入水中，向数里外的一座小岛游去。我一会儿仰游，一会儿俯游，大概游了一里多路程，就听到一声巨响，该轮开始沉没。大概再隔数秒钟后，又听到第二次爆炸声……”

“第二次爆炸声，你肯定听清楚了吗？”小李接着问。

“是的，我肯定先后听到两次巨响。”

“你能确定这不是回音吗？”

“不是。如果是回音，应当大家都能听到。”

“真奇怪，为何大家只听到一声巨响，只有他能听到两声巨响？”小李觉得其中必有原因，顿时觉得案情复杂，难以定案，就回去向王科长汇报案情去了。

王科长听了小李的汇报，手摸下巴，略一思索，然后回答道：“救生艇上很多游客只听到一声巨响，当然是对的，那位游水逃生的男游客，独自先后听到两声巨响也是不错的。此案就按我说的办吧……”

## 思考提问

小李听后，不解其意，他摸着脑袋急着要求王科长解释原因。你知道这是怎么回事吗？

## 答　案

因为声音在水中的传播速度比在空中快5倍。当时，那位游泳的游客正在仰泳，两耳浸在水里，当然先听到从水里传来的爆炸声。然后，他很自然地仰起头来，想看个究竟。于是隔了几秒钟后，他又听见从空中传来的爆炸声。

# 音乐家之死

瑞典首都斯德哥尔摩是炸药发明家诺贝尔的诞生地。一天，市内发生了一件奇怪的爆炸案。一位单身的音乐家刚从外面回到房间，在二楼屋里练习小号时，屋里忽然发生爆炸，音乐家当场死亡。

警察察看现场时发现窗户玻璃碎片里还掺杂着一些薄薄的玻璃碎片，或许是乐谱架旁边的桌上装着火药的一个玻璃杯发生了爆炸。奇怪的是屋里并没有火源，也找不出定时引爆装置的碎片。如果不是有定时炸弹，为何定时引爆得那么精确呢？真是不可思议！根据邻居的证言，爆炸前死者在用小号练习吹高音曲调。

于是，警察立即就看穿了罪犯的作案手段，真不愧是炸药大王诺贝尔家乡的侦探呀！

## 思考提问

那么，请问你知道炸弹是怎样引爆的吗？

## 答　案

罪犯趁被害人外出家里没人时，悄悄地潜入屋里，放置了火药并掺上氨溶液和碘的混合物。假如在氨溶液里掺入碘，在潮湿状态时是安全无害的。可是一干燥，其敏感度甚于TNT炸药，哪怕是高音量的震动也会产生爆炸。因此，被害人在用小号吹奏高音曲调的一刹那，其声波震动了烧杯里面的炸药引起了爆炸。

# 海边绑架案

一个双目失明的少女在一个炎热的夏日被劫持了。家人交了赎金后，她在三天后平安回家。少女告诉警察，劫持她的好像是一对年轻夫妇，她应该是被关在海边的房子里："在这间小屋里能听到海浪的声音，我好像被关进了阁楼里。天气非常炎热，不过到了夜晚会有风吹进来。"

警察在海边发现了两个简易小屋，一间朝南，一间朝北，主人都是一对年轻夫妇。不过这两间屋都打扫得干干净净，找不到可疑痕迹。

后来警察根据一些情况，马上做出了判断。这些情况是：(1)两间小屋结构几乎完全相同，但是阁楼的小窗一个朝北，一个朝南；(2)海岸面向海的方向是南面，北面对着丘陵；(3) 少女被关的三天都是晴天，并且一点儿风也没有。

**思考提问**

你知道少女被关在哪一间房子里吗？

**答　案**

少女被关在窗户朝北，即面对丘陵的那间房子里。这从少女所说的“晚上会有风吹进来”这句话可以得到证实。海边一到晚上，陆地上的气温要比海面的气温低，这样凉的空气就从丘陵向海上流动，因此会从朝北的窗口吹来阵阵清风。相反，白天由于陆地很快变热，风就改从海上吹来，而在早晚气温相同的时候，海面上就风平浪静了。

# 家庭晚宴

在美国,家庭宴会很流行。今晚,在史密斯家里举办的晚宴此时已进入高潮。

在宾客当中,最受青睐的是青年明星麦克尔。他被人们围在中间,神采奕奕,尽管平时有些酒量,可几杯威士忌下肚后也有了几分醉意。

主人史密斯厌恶地看着得意洋洋的麦克尔,用叉子叉上一个沾了调味汁的大虾走上前去。

“麦克尔,今天晚上你的领结真漂亮啊,又是哪个朋友送的礼物吧?”

他一边讥讽着,一边若无其事地晃动着手中的叉子,黑红色的调味汁溅了麦克尔一领结,白色的丝绸料上顿时污迹斑斑。

“哎呀,真抱歉,对不起。”

“没，没什么，这种领结毁掉一条两条的算不了什么……”麦克尔毫不介意，拿出手帕想将上面的污迹抹去。

就在这时，史密斯夫人走了过来。

“要是用手帕擦会留下痕迹的呀，洗手间里有清洗剂，我去给你洗洗。”

“不用了，夫人，没关系，我自己去洗，夫人还是照顾其他客人吧。”

因为史密斯在场，麦克尔假装客气一番，随后立即向洗手间走去。

清洗剂就在洗手间的架子上放着，他将液体倒在领带上擦拭污迹，擦掉后马上回到宴会席上，一边喝着威士忌，一边与人谈笑。

忽然，他身子晃了晃突然倒下了，酒杯从他手中滑到地上摔碎了。

宴会厅里一片哗然。急救车马上赶来，将麦克尔送往医院，可为时已晚。死因诊断为酒精中毒。

然而只有一个人在暗地里幸灾乐祸，他就是史密斯，就是他因为知道自己的妻子与麦克尔有私情，才进行报复的。

**思考提问**

那么，史密斯究竟是用什么手段杀死麦克尔的呢？

**答　案**

清洗剂中含有一种无色味香的四氯化碳。麦克尔用这种洗洁剂擦拭领结上的污迹时，吸入了足量的四氯化碳有毒气体，人在饮酒过量时，一旦吸入，就会导致死亡，且其死因不会留下明显的证据，往往被误认为是酒精中毒死亡。史密斯为了让麦克尔吸入这种气体，故意在他领结上溅上了调味汁。

# 敲诈犯之死

电话铃响时，电视演员浅井美代子正在镜台前化妆。她伸手拿起话筒。

“我和你说的钱准备好了吗？”

一听见那男人的声音，美代子不禁混身颤抖起来。

“嗯……啊……正在准备……”

“那么，今天交钱吧。”

“在什么地方？”

“光丘车站旁边，有栋光丘公寓，请到那所公寓的508号房间来。”

“什么时间来好呢？”

“你什么时候有时间呀？”

“下午1点钟如何？”

“好，我等你。”对方发出刺耳的笑声，电话挂断了。

美代子一动不动地呆立着，连话筒都忘了放下。她思考了一阵，狠下决心，从镜台的抽屉里取出一只胶囊。

“把钱给他，换回自己病历本的副本，可是，他一定复印了许多份，只有狠下心，悄悄用这毒药……不知有没有合适的机会……”

美代子凝视着胶囊中的粉末，这是氰酸钾，是她几天前住在经营药房的姐姐家中的时候，从剧毒药架上悄悄拿来的。

两年前，美代子曾受到电视台导演的迷惑，怀孕后做了流产手术。不知刚才的敲诈者用什么手段把她住院时的病历卡拿到手，用其复印件来勒索她。

电话铃响时，职业网球运动员友田孝一郎正在厕所里，一听见电话响，他慌忙从厕所里跑出来，马上拿起听筒。

“我说的钱准备好了吗？”

一听到那男人的声音，友田一下子挺直了身体。

“啊，正在准备……”

“那么，今天把钱交给我吧。”

“在什么地方？”

“光丘车站旁边，有栋光丘公寓，在那所公寓的508号房间。”

“什么时间？”

“下午2点吧，那么，恭候大驾了。”

对方发出令人厌恶的笑声，然后挂断了电话。

友田孝一郎紧握着听筒思考了一会儿，他打定主意后，从桌子抽屉里拿出一个小药瓶。瓶子里装的是氰酸钾，这是友田昨晚在妻子家开设的电镀工厂剧毒柜中偷偷拿出来的，瓶盖上密封着玻璃纸。

那天早晨发生的事故，让友田一直担惊受怕。打了一夜麻将，在驾车回家的路上，他的车把一名中学生撞倒了。那时，天刚刚亮，幸好无人看见，友田丢下被撞的学生，开足马力逃跑了。可是，不知敲诈者在哪里看见，并拍下现场照片，以此敲诈他。

电话铃响时，纯情派歌手加藤真由美正在厨房里独自吃早餐，虽然时候已经不早了。

“跟你说的钱准备好了吗？”听到那个男人的声音，真由美全身战栗了一下。

“那个……嗯……”

“今天把钱交给我。”

“在什么地方？”

“光丘车站旁边，有栋光丘公寓，请到那所公寓的508号房间来。”

“这个……今天约好驾车出去游玩，因此……”

“喂，你感到游玩兜风与我的交易相比，哪个更重要？总之，下午1点到3点之间，随时都可以来，我恭候着。”

在威吓声中，对方挂断了电话。

真由美握着听筒，呆呆地想了一会儿，心一横，从柜子的抽屉里拿出一个手帕包着的纸包，纸包里面有大约半勺氰酸钾。

这是两年前她那从事文学的表哥自杀时残留下来的。当时真由美充满伤感，将这包氰酸钾作为遗物保留了下来。

“只要拿到副本，就用这包药解决问题吧，难以应付今后一次又一次的敲诈呀，不知道自己是否有胆量……”

高中时的偷盗行为，使她悔恨莫及。放暑假时，她到百货公司买东西，突然像着了魔似的，偷盗了香水和化妆品，最后被发现了，受了一通教育。不知那个敲诈犯是怎样把当时的警察案件记录拿到手的，复制了副本来敲诈她。

第二天的报纸上，刊登了一则消息："采访记者渡边弘一死在XX区XX街光丘公寓508号屋里面。"

死者被这所公寓的房主上坂正治先生发现。上坂先生说他三天前外出旅游，外出期间，他的朋友也就是被害者，找他借下这间房。

死因是氰酸钾中毒。推断死亡时间为昨天下午1时到3时之间，桌上杯子里装有没喝完的果汁，果汁里混有氰酸钾。

屋里装有空调设施，冷气机开着，不知什么原因窗户也开着。室内被人翻动过，所以警察认为是他杀，并且开始调查。

当天下午，从1点半到2点半，这所公寓一带曾停电一个小时左右。那是因为卡车司机劳累驾驶，撞上电线杆，将电线杆撞断。

浅井美代子听到这则消息后，心想："我从公寓回来时，乘电梯刚好下到一楼停了电，多亏时机好，假如晚一步，恰巧被关到电梯里，千钧一发的时候运气不错，顺顺当当地做完事，那男人死了，真是大快人心呀。"

友田孝一郎也读到这则消息："哼，活该，这样就清净了。可是，当时没注意正在停电，我怕遇见人麻烦，所以没乘电梯，从楼梯上去的，可偏偏在楼梯看见了两位主妇，运气不好啊。不过，我戴着太阳镜，倒不用担心，508屋里不是那家伙的住房，这倒挺意外。”

加藤真由美也把这则消息读了好几遍：“去时在公寓旁边的道路上停着两辆巡逻车，我以为发生了什么事，有些紧张，原来是卡车事故造成停电。幸好是白天停电，要在晚上停电就糟了。进公寓时，那些看热闹的人都盯着我看，可是我化了装，戴着太阳眼镜和假发，不用担心别人认出我。不过，如果警察打探到我这里来该怎么办呢？……啊，不要紧，没有证据表明我去了那间房子……总之，那个男人死了，不会有人玷污纯情歌手的名声了。”

## 思考提问

那么，睿智的读者，你知道用氰酸钾毒杀敲诈者的罪犯，是三个人中的哪一位吗？为什么呢？

## 答　案

现场的房子，装有空调设施，冷风机在工作，而窗户也开着，这说明罪犯是在停电过程中动手的。因为停电，冷风机停止工作，室内很热，被害者自己打开窗户。如果恢复送电后被害者还活着，冷风机又开始工作，他就会关上窗户。断电中到过现场的，只有友田孝一郎和加藤真由美，那么，被害者是被谁的氰酸钾毒死的呢？氰酸钾不密封保存，长时间与空气接触，就会变成碳酸钾，失去毒性。真由美拿的氰酸钾用纸包了两年，已经没有毒性。所以，凶手是友田孝一郎。

# 智断名画失窃案

李老珍藏着一幅珍贵的好画，价值连城。他逢人就讲，作为炫耀的资本。

一天，有三位古董商到访，李老把三人请进珍藏室。只见古玩陈列架上端端正正地放着一个檀木箱子，健谈的主人一边介绍，一边打开箱子，那幅名画使来客们赞不绝口。然后，主人合上珍宝箱，用一张涂满浆糊的白色封条封好，随后邀请三位来客到客厅叙谈。

言谈间，李老发现三位来客有一个奇怪的巧合，三个人的右手指上全有受过伤的痕迹。A的食指或许是发炎，涂上了紫药水；B的拇指明显是被划破，涂上了红药水；C的拇指或许被毒虫咬肿，搽上了碘酒。叙说的气氛是欢快的，尽管三位来客

先后离席外出小解，可回到客厅后，依旧谈笑风生。

宾主谈兴正浓，李老的儿子李明回来了。经介绍，李明与三位来客一一握手寒暄。然后，李明让李老带着他去看一下古画。当李老扯下湿漉漉的白色封条，打开箱盖时，发现古画不见了。这一惊可非同小可，李老只叫了一声“我的画”，就浑身瘫软晕了过去。沉着机灵的李明叫醒父亲，问明经过，随后安慰他说：“爸，别急！事情终能水落石出。”

李明搀着父亲来到客厅，把名画失窃的事向三位来客说明，然后风趣地说：“尊敬的先生们，这古画不会是藏到你们身上了吧？”

三位来宾耸了耸肩膀，双手一摊，异口同声地说：“我的天啊！这是不可能的。”

李明的眼睛犀利地从三人的手掌扫过，随后指着其中一位对父亲说：“盗窃古画的就是他！”

## 思考提问

聪明的读者，你知道李明所说的“他”是谁吗？

## 答　案

李明在见到C的拇指呈现蓝黑色时便断定：“盗窃古画的就是你！”因为封条上的浆糊未干，如果是A或B两人动过封条，那么手指上的药水在接触到白纸条时，纸条上一定会留下紫色或红色的痕迹。现在李明既然在纸上没有找到任何痕迹，表明封条贴上后不一会儿，就被A、B之外的人完整无损地动过。但是只有当涂过碘酒的手指与浆糊接触时，才会使原来的黄色反应后呈蓝黑色，因此李明在迅速扫视过他们手指后，便做出了判断。

# 消失的货车

这是很难令人相信的事情：一节装着在展览馆展出的世界名画的车厢，从行驶中的一列货车上悄然消失了。并且，那节车厢是挂在火车中部的。

晚8点，货物列车从阿普顿出发时，名画还在车上，毫无异样。但到了下一站纽贝里车站时，只有装有名画的那节车厢不见了。行驶中，列车一次也没停过，但……阿普顿——纽贝里之间虽然有一条支线，但那是夏季旅游季节专用的，经常不用。第二天，那节消失的车厢恰巧就在那条支线上被发现了，可名画已被洗劫一空。不可思议的是，那节挂在火车正中间的车厢为什么会从正在行驶的列车上脱钩，跑到那条支线上去了呢？对这一离奇的案件，警察束手无策。

在这种状况下，名探黑斯尔出马了。他沿着铁路线在两站之间徒步巡查，尤其特别仔细检查了支线的转辙器。转辙器已生锈，但却看到轮带上有上过油的痕迹。“果然在意料之中。有人动过它。”他将转辙器上的指纹拍下来，请警察局的朋友帮助鉴定后得知，这是有劫持火车前科的阿莱的指纹。于是，黑斯尔发现了阿莱的藏身处，只身前往。

“阿莱，还不马上把从列车上盗来的画拿出来。”

“岂有此理，你有什么证据说我是盗贼？”

“转辙器上有你的指纹。当然，罪犯不只你一个人，最少还应该有两个同犯，不然是不会那么利落就把货车卸下来的。”黑斯尔揭穿了阿莱一伙的作案方法。

## 思考提问

罪犯是用什么方法将一节车厢从行驶的列车上卸下来的呢？

## 答　案

设三名盗贼分别为A、B、C，设被摘下的货车为X。A和B进入列车，C在转辙器处等待。火车一发车，A和B就将一根粗绳子系在货车X前后两节车厢的连接器上。粗绳绕到X外侧，即同支线正相反的一侧。当列车接触支线时，就打开X前后两车厢上的连接器。即使打开，绳子也连接着，因此前后的车厢不会分离，照样向前走。在支线等候的C在X前后车厢的边轮踏上交叉点的一瞬间，马上切换转辙器。

不一会儿，列车接近纽贝里车站，速度减慢，被绳子拉着的后面车厢因为惯性会赶上前边车厢。这时，盗贼A和B再关上连接器，卸下松弛了的绳子，跳下列车逃跑。另外，滑入支线的货车X走了一阵后会自动停止，盗贼也就可以轻而易举地将装在上面的名画全部盗走。

# 被调包的毒药

H夫人和当医生的丈夫分居后独自一个人生活。可从三天前起，她发高烧一直不退，附近的医生又不出诊，无奈之下只好请分居的丈夫前来看病。

“不用担心，只是得了流感。先打上一针，今晚睡觉前吃了这药就会马上退烧，再过两三天就会好的。”丈夫给她打了一针，又给她留下一种胶囊感冒药就回自己的住处了。

当天夜里，H夫人睡觉前吃了丈夫留给她的感冒药。但是，几分钟后忽然感到难受，不一会儿就死去了。实际上胶囊里面装的是氰酸钾。

第二天，尸体被发现。法医在解剖尸体时发现，其胃中残留有尚未消化的掺有氰酸钾的巧克力。于是，被害人的弟弟以杀人嫌疑犯被拘留。这是因为他在一周前曾送给他姐姐一盒威士忌酒心巧克力。其中，有一块巧克力掺有氰酸钾。这姐弟俩正为继承父亲的财产而闹得不可开交，可见其有杀人动机。但是，弟弟坚持自己是被冤枉的，并求助侦探重新进行调查。

接受调查这起案件的探员，在知道与死者分居的丈夫是内科医生后，查明了被害人的弟弟在案发当夜不在现场的证明，一针见血地揭发了医生巧妙的毒杀手段。

### 思考提问

那么，该医生使用了什么方法，将被害人吃下去的掺毒的胶囊替换成了威士忌酒心巧克力呢?

### 答　案

使用了胃吸管。该医生在妻子吃完有毒的感冒药死后，悄悄溜回来用医学吸胃导管插入死者的胃里，将溶化的胶囊和氰酸钾吸出来。然后，又以同样的办法将威士忌酒心巧克力用温水调化后注入死者的胃里。当然，那瓶威士忌酒心巧克力的溶液里也加了氰酸钾。这样，解剖尸体时，胃里面残存的只有未经消化的威士忌酒心巧克力。

# 青铜像谜案

埃夫文的妻子被人谋杀了。埃夫文对检察官讲:“昨夜我很晚回家,刚好撞上一个人从我妻子屋里跑出来,跌跌撞撞窜下楼梯。借着门口那盏昏暗的长明灯,我认出他是吉姆·西斯蒙。”

被告西斯蒙愤怒地叫道:“他在说谎!”

埃夫文继续讲道："西斯蒙大约跑出一百米远，扔掉了一件什么东西，那东西在乱石坡上碰撞了几下后滚落到深沟，在黑暗中发出一串火花。"

"这是胡说！诬告！"西斯蒙气得满脸通红。

检查官拿起一座森林女神妮芙的青铜像说："对不起，西斯蒙先生，我们在深沟里发现了这件东西，要是再晚一个小时，那场大雨或许就把这些线索冲掉了。铜像底部沾的血迹和头发是埃夫文太太的。我们在青铜像上发现清晰的指纹，是你的指纹。"

西斯蒙反驳说："我当时根本就没去他家。昨晚7点埃夫文打电话给我，说他8点钟想到我家来谈点儿事。我一直等到半夜，也不见他来，就睡觉了。至于指纹，那或许是我前几天在他家拿铜像看时留下的。"

检察官觉察案情很复杂，找到大侦探麦克哈马，把案情说了一遍，最后说："埃夫文和西斯蒙是同事，以前两人的关系很好，近来不知什么原因关系开始恶化。"

麦克哈马听完检察官的介绍后，讲："凶手不是西斯蒙，而是有人诬陷他。真正的凶手是……"

**思考提问**

你猜到真正的凶手是谁了吗？

**答　案**

真正的凶手正是埃夫文。此案的关键是青铜像。埃夫文说，西斯蒙扔掉东西在岩石坡上撞了几下，在黑暗中发出一串火花，并说这是西斯蒙的作案凶器。这是说谎。青铜在岩石上不会撞出火花，这是由青铜像的物理性质所决定的。所以西斯蒙不是凶手。

# 船长之死

某日早晨9点左右，小王来到海边散步，突然看见一艘小帆船倾斜在沙滩上。此时是退潮的时候，小王越想越奇怪，于是就走近帆船。走到船边的时候，他对着船舱大声叫了几声，可并没有人回答。这样一来，小王就更好奇了。他沿着放锚的粗绳爬到甲板上，从甲板的楼梯口往黑暗的船室一看，呈现在面前的是一位躺在血泊中的船长。

船长的手中推着一角被撕剩下的旧航海图，在他躺卧的床头上，还竖着一根已经熄灭的蜡烛，蜡烛的上端呈水平形状。或许船长是点燃蜡烛在看海图时被杀害的，凶手杀死船长后就熄灭了蜡烛，夺去航海图才逃走的。

小王认为这是一起谋杀案，事关重大，于是立即报了警。警察来了之后开始寻找线索。

“这艘船大约是昨天中午停泊在此处的，船舱里白天也是非常黑暗的，因此，即使在白天看海图也需要点蜡烛，所以船长被害的时间并不一定是晚上，可是船长到底是在何时遭到毒手的呢？”

警察们一面检查尸体，一面讨论着。

“船长被害的时间，就是在昨夜9点左右。”小王干脆利落地断定。

## 思考提问

你知道小王依据什么而作出如此大胆的判断吗？

## 答　案

小王是从蜡烛的溶解状态来判定被害时间的。

从蜡烛的上端溶解部分呈水平状态来看，船在触礁而倾斜时，蜡烛仍然燃烧着。

海水的涨潮和退潮，间隔总是六个小时，这艘船被发现的时候是上午9点左右，此时恰巧刚退潮，由此可见，此次退潮至上一次的退潮，其间只涨过一次潮，因此可推论船是在昨晚9点左右触礁倾斜，凶手也是在此时下手的。

假如凶手是在涨潮时进入船室吹熄蜡烛作案的话，那么蜡烛上端溶解部分肯定会和船体倾斜的形态呈同样的角度才对。

# 假说词

约翰、保罗和马克三个人是纽约一家颇负盛名的珠宝公司的合伙人。去年1月，他们一起前往佛罗里达州，在约翰的别墅度假。

一天下午，约翰带着保罗这个不懂水性的钓鱼爱好者，乘坐游艇出海钓鱼，而马克这位鸟类爱好者则情愿留在别墅。结果，约翰是带着

保罗的尸体回来的。他说保罗在船舷探出身子钓鱼时因风浪大船颠簸失去重心而落水，等他把保罗救起时，保罗已经淹死了。而马克则说，他坐在别墅后院乘凉，看到一只稀有的橘红色小鸟飞过，他便兴致勃勃地随着小鸟来到前院，用望远镜观察这只鸟在高大的棕榈树上筑巢。说来凑巧，他的望远镜无意中对准了海面，只见约翰与保罗在游艇上扭打在一起，约翰猛地把保罗的头按入水中。

验尸报告证明保罗的确死于溺水。可在法庭上，约翰的辩解与马克的证词相互矛盾。法官去拜访名探圣弗朗，请他帮助解开疑团。圣弗朗说："马克的说词是假的。"

**思考提问**

你知道这是为什么吗?

**答　案**

马克的证词说明他对热带植物的了解少得可怜。很显然，他并没有像他所说的那样看到一只鸟儿在棕榈树上建巢，因为棕榈树没有树杈，只有一柄宽大的叶子，鸟儿在上面难以筑巢。所以他的证词是假的。

# 同型号的车胎

罗宾是一位生物学家，他研究的一个项目获得了重大成果，轰动了全国。各地著名的大学都纷纷发出邀请，请他去授课。罗宾一直很关注科学普及，因此，他放弃自己的休息时间，在周末到学校授课。

这是一个星期天，罗宾自己开着小汽车，到邻近的某市授课。他的

课受到了热烈欢迎，课讲完了学生们还不肯离去，又提出了很多问题，罗宾都一一耐心地解答。下课以后，学校的老师又和他洽谈，留他吃饭，就这样，一直到晚上10点多钟，罗宾才离开这座城市。

夜深了，罗宾开着车往家里赶。汽车在公路上行驶着，收音机里播放着动听的音乐，罗宾的心情很好，跟着音乐轻轻地哼着。突然，他看见前方的路中央停着一辆越野车，连忙减慢车速，小心翼翼地从旁边绕过去。只听“砰”一声响，车子猛地一歪，罗宾赶紧踩刹车，下车一看，汽车的一只前轮胎，被一枚很粗的铁钉刺破了。正在这时，从越野车中走出一个人，用黑布蒙着头，以手枪挟持罗宾，抢走了他的钱，然后开车逃走了。

罗宾步行了半个多小时，才看见前面有灯光，那是一家小杂货店。他马上打电话报了警，随后对小店老板说：“麻烦您给附近的修车站打电话，来换一个轮胎……”老板马上热情地打了报修电话，又给他沏上了热茶。10分钟以后，修车站的工人带着同型号的轮胎来了，警察也同时赶到。罗宾对警察讲：“不用调查了，小店老板就是抢走我钱的人！”

## 思考提问

小店老板好心帮忙，罗宾却说他是坏人，你知道这是为什么吗？

## 答　案

罗宾让店主打电话报修，而没有告诉他轮胎的型号，但是工人却拿了合适的轮胎来，表明店老板在抢劫现场，知道车胎的型号。事实上，店老板就是拦路抢劫的蒙面人。

# 墙上的手印

在一所公寓里发生了谋杀案，一个画家死在自家的卧室里。卧室的墙壁上清晰地印着一个鲜红的手印，五个手指的指纹都清晰可辨，连手掌的纹路也很清晰。看起来是凶手逃走时，不小心把沾满血的左手按到墙壁上的。

侦探罗根赶到现场时，看到老熟人巴特警官正在小心地收集墙上

面的指纹。罗根认真观察了一下，笑着对巴特讲："您还是看看有没有其他线索吧！"

巴特依然小心翼翼地做着自己的工作，头也不抬地讲："这些指纹难道不是重要的线索吗？"

罗根耸了耸肩："这个手印很可能是杀人犯伪造的，目的就是误导警察。"

巴特转过身，好奇地问："你怎么知道的？"

罗根讲道："你试着用左手在墙上印个手印，就知道了。"

## 思考提问

你知道罗根是怎么看出手印有问题的吗?

## 答　案

罗根看到五个手指的指纹全部是正面紧贴墙壁印上去的，手掌的纹路也很清楚，这才产生了怀疑。由于当手掌贴在墙上时，拇指和其他四个手指不同，是侧面贴着墙的，因此正常情况下，拇指的指纹不会完整地在墙上印出来。

# 蜜桶里的鼠屎

一次，三国时期的东吴皇帝孙亮带着十几个侍臣来到吴宫西苑避暑。西苑是个十分漂亮幽静的地方，铺石的林荫小路直通假山，山脚下有一条弯曲清澈的小溪，花红树绿，令人心旷神怡。

孙亮高兴地来到一片果树前。各种果树上挂满水果，黄澄澄的杏，

粉嫩嫩的桃,还有“看”一下就能止渴的青梅。

“给我摘几个青梅来。”孙亮对侍臣命令道。

一名老太监听见孙亮要吃青梅,忙跑过去摘了几个,洗净后拿到孙亮的面前。

孙亮咬了一口青梅,酸得他直皱眉头,急忙又吐了出来:“太酸了!这青梅可实在吃不得!”

“万岁爷!”老太监殷勤地说道,“那青梅确实很酸,可是弄些蜂蜜来蘸着吃,就好多了,而且味道肯定很美。”

“是这样吗?”

“您不妨尝尝,小的这就给您拿蜜去!”

“快去吧!”

老太监捧着一个银碗来到了御用仓库,对管库的官员说,万岁爷要吃青梅蘸蜂蜜。库吏听后,急忙打开仓门,拿出一个蜜桶,倒出了满满一碗蜂蜜,让老太监送回去。

老太监把蜜碗拿到了孙亮的面前。但是,当孙亮打开碗盖,刚要拿青梅蘸蜜时,却看见蜂蜜表面有一粒老鼠屎。这还了得!孙亮大怒,严厉地责问道:“这老鼠屎是怎么回事?”

老太监忙上前回禀道:“启奏万岁,这蜜里的老鼠屎肯定是库吏失职,管理不善所致,请万岁爷重重处罚。”

“你马上去把库吏给我传来!”

“遵旨!”

很快,老太监便把库吏带到了孙亮面前。

孙亮很生气地对库吏说:“你知罪吗?看看这蜜碗里是什么?”

库吏看到皇帝发怒,本已经吓丢了半个魂,再一看蜜里竟然有一粒老鼠屎,剩下的半个魂也吓没了,一个劲儿地磕头:“小人知罪,该死，该死！”

孙亮冷冷地看着库吏说：“我命你掌管皇宫内库，这是对你最大的信任。可你不能尽职尽责，蜜桶里竟掉进去了老鼠屎，该当何罪？”

“陛下，冤枉啊！”库吏急忙喊道，“这蜜桶从来都是盖着的呀！”

“还敢强词夺理。我问你，既然蜜桶一直盖着，那么，里面掉进了鼠屎怎样解释？”

“这……”库吏一时怔住了，可想了想又说道，“小人不敢说谎，请陛下派人检查就是了。”

孙亮一想也对，何不派人把蜜桶取来当场检查一下，便说道：“把蜜桶马上给我取来！”

老太监听说，转身就要走，但被孙亮叫了回来：“这次让别人去吧！”

两个小太监马上去仓库，将蜜桶抬来了。

孙亮一见，那蜜桶果然盖得很严，老鼠屎根本就不会掉进去。孙亮心里有底了，问库吏：“你在这宫里有仇人吗？”

“没有。”

“一个也没有吗？”

“没有。”库吏讲完，突然想起来什么，又说道，“有一个人曾经向我要过东西，我没给，他是不是记恨我呢？”

“谁？”

“就是他！”库吏指着老太监说，“前几天，这位公公向我要一领席子，我没给。”

“原来是这么回事！”孙亮愤怒地对老太监说，“就为这区区小事，便陷害他人，还不知罪！”

“万岁爷！”老太监急忙喊道，“库吏是在说谎呢，您可不能相信他那一面之词啊！”

“是谁在说谎我会查清的。”很快，孙亮弄清楚了真相。

原来，老太监向库吏要席子不成，便怀恨在心，想找机会报复一下。恰好，孙亮命他去取蜂蜜，他就趁机在蜜碗里放进一粒老鼠屎，妄图冤枉库吏，将其治罪。

**思考提问**

孙亮依据什么判断是老太监把老鼠屎放进蜜碗里的呢?

**答　案**

孙亮想，假如老鼠屎是蜜桶里原有的，那么里外都应该是湿的才符合逻辑。假如是刚刚放进去的，鼠屎就应该外湿内干。他让人把鼠屎弄碎后，发现果然外湿内干。

# 尸体上的蚂蚁

一日，夫妻俩争吵，丈夫冲动之下顺手拿起桌上的汽水瓶照着妻子的头砸去，他挥起瓶子之际，喝剩的半瓶汽水浇到妻子的肩头，把罩衫弄湿了一大片。随后他就后悔了，却发现蜷缩在地上的妻子再也不动了，妻子就这样死去了，他一时不知所措。为了逃避法律的制裁，他将尸体放进汽车的后备箱，拉到了郊外的一个公园里。要离开时，猛然

想起忘记把凶器汽水瓶也带来了。为了慎重起见，他从旁边的垃圾箱里找出一个刚扔不久的汽水瓶子扔到尸体旁。

“就把它当凶器吧！如果留着谁的指纹就该他倒霉，一定会被当成凶手的。虽然是不同厂家出品，瓶里的溶液总会是一样的东西吧。”

当尸体被警方发现时，死者肩膀处已聚集了一大群黑蚂蚁。

“为什么蚂蚁只聚集在尸体的肩膀处呢？”现场的刑警觉得很奇怪。

“肯定是用这个汽水瓶打人时，瓶里的汽水溅到了肩膀。汽水都是白糖做的甜水。”

鉴定员说着从尸体旁边拿起空瓶。“哎呀！奇怪了，瓶子这儿一只蚂蚁也没有啊！”说着鉴定员看了看汽水瓶上的商标。“凶器不是这只瓶子，可见，尸体肯定是从别处转移到这里的。”他果断地下了结论。

## 思考提问

为何鉴定员只看了一下商标就破了凶手的伪装现场呢?

## 答　案

扔在尸体旁的空瓶标的是人造糖精的商标，蚂蚁是不吃人造糖精的。因为罪犯使用的凶器汽水瓶，装的是用白糖或果糖一类天然糖料制造的汽水，因此沾有糖分的罩衫才会引来了很多蚂蚁。

# 将军死亡之谜

某国的将军发动政变而未逞，结果被当局永远性地囚禁在别墅内，并有警卫严密把守。

将军见外逃无望，整天只能与爱犬为伴，于是产生了自杀的念头。还打算给别人以被害的假象，以嫁祸掌权的政敌。

一天早晨，卫兵打开紧锁的房间，发现将军早已死于床上，颈部被刀割断动脉。可是遍查室内的冰箱、电视等物均没有发现异常，并且也没有发现任何凶器。

地板上只有一个被打开的杀虫剂罐头，气味非常强烈。将军的爱犬不在室内，卫兵猜测小狗也许是通过墙壁上的狗洞走开的，那个狗洞根本无法让凶手钻出去。

后来卫兵在花园里找到了小狗，又在大树下发现了一把小刀，但刀身上没有任何血迹，只是刀柄上系了一条细线。在狗尾上系有一条粗线。

卫兵百思不得其解，只好据实上报是他杀，这引起了社会上的很大震动。

## 思考提问

你能说出将军是怎样把自杀伪装成他杀的吗?

## 答　案

将军生前用冰箱制造了方冰块，里面冻结了粗细两段线。细线一端系上小刀，再把另一端的粗线系在小狗的尾巴上。将军自己割喉后，马上把刀上的血迹擦掉，又打开杀虫剂罐头，强烈的气味迫使小狗从小洞内跑出房间。然后冰块融化，这才使小刀丢落在大树旁，造成了将军是被人杀害的假象。

# 闹"海鬼"的浴缸

富豪布莱克有一幢能看到海景的豪宅。这天，他的好朋友尼克探长想去拜访布莱克先生。路上，尼克给布莱克先生打了电话，告诉他大约半个小时后到。

半小时后，尼克准时到达，但在陈设奢华的客厅里等了五分钟左右，还没见布莱克先生出现。

这时仆人特里讲："老爷进去洗澡已经半个多小时了，会不会……"

尼克探长打开房门，发现布莱克先生泡在浴缸里，已经死亡了。从初步观测的结果来看，他是溺水死的，死亡时间大约在半小时前。

警察赶到后作了进一步检查，发现布莱克先生竟然是被海水溺死的！他的肺部有大量海水，并且没有淡水残留；同时，整个下午只有仆人特里一个人在家里，没有其他人来过。

尼克对警察说："抓住特里，只有他有杀人时间，他就是凶手！"

"不是我，真的不是我！"特里用力地摇头，"你打电话过来的时候老爷还接电话呢，从那时到现在只有30多分钟，但是从这里到海边却要一个小时！我就是坐飞机也赶不回来啊！依我看，肯定是这宅子里出现了海鬼，在浴缸里杀死了老爷！"

尼克探长又细细地察看了浴缸，发现浴缸边上有一些细小的白色粉末，他回头冷笑道："少来了，你那点儿小伎俩还能瞒过我吗？你就是凶手！"

## 思考提问

聪明的读者，尼克探长是依据什么断定特里是凶手的呢？

## 答　案

思维定式是侦探最大的敌人。在海水中淹死是一条重要的线索，同时它也表明案发地点是在海边，而特里拥有不可能的时间证据。

事实上，变换角度想一想，其实并不是被海水溺死案发现场就一定在海边。假如有足够的海水的话，在浴缸里同样也能作案，随后放掉海水，把浴缸装满淡水，这只需要10分钟时间就够了。

# 凋谢的玫瑰

一个叫托马斯的画家死在了自己的房子里。当警察来到时，公寓的门窗都是反锁的。警察好不容易才把门打开，进入房间。只见托马斯倒在床上，枪掉在地上，看起来是他把门窗都关好后，坐在床上开枪自杀的。法医断定，托马斯已经死了八天了。

警察对侦探罗根说，是楼下一个花店的老板报的警。老板告诉警

察，托马斯每周五夜里都会去花店买13朵粉红色的玫瑰，已经10个年头了，从未间断过。可这两个星期托马斯都没有出现，花店老板有些担心，就给警察局打了电话。

罗根问道："那些玫瑰呢？"

警察说："都装在一个花瓶里，花瓶放在窗台上，花都枯竭凋谢了，只剩下了花枝。"

罗根环视了下四周，继续问道："地板和窗台上有血迹吗？"

警察摇了摇头："除了一点儿灰尘，什么都没发现，只在床上有血迹。"

罗根听到这里打了个响指，严厉地说："这是一起谋杀案，凶手在窗台边上杀死了托马斯，随后打扫清洗了现场，再将尸体移到床上，使人觉得是自杀。"

**思考提问**

你知道罗根这么说，原因是什么吗？

**答　案**

窗台上的花都枯竭凋谢了，那应该能在窗台或地板上找到落下的花瓣，不可能只有灰尘，因此罗根判断花瓣是凶手清理现场时一起扫走了。

# 蜡烛证明

这天早晨，罗根接到报案，在收藏家的花园洋房里发生了一起抢劫案。罗根迅速赶到案发现场，只见二楼的书房里，两扇落地窗敞开着，桌子上有两支点了大半截的蜡烛，烛液流了一大摊；桌下散落了好多文件，现场好像发生过打斗；另外，地上还有一截绳子。收藏家告诉罗根："昨晚，房间突然停电了，于是我点了蜡烛，打算看看到手的宝贵手稿。谁知蜡烛刚点亮，门忽然被风吹开了，我就去关门，不想从窗外

爬进来一个蒙面人。他把我摁倒在地,捆住我的手脚,堵住我的嘴。随后他抢走了手稿,又从窗口爬了出去。我好不容易挣脱绳子报了警。”罗根听完,寻看了一下四周,哈哈大笑起来:“先生,虽然您制造假现场的本事很大,可是您还是忽略了关键的细节。看来,以后还要更细心一些才是!”

**思考提问**

你知道罗根是如何找出破绽的吗?

**答　案**

外面有大风,而落地窗一直打开着,因此,燃烧着的蜡烛应该很快就被熄灭,可是桌上却有一摊烛液,明显有问题。而这位收藏家本打算利用此等骗术来骗取高额的保险赔偿,没想到被聪明的侦探看破了。

# 第三章　水落石出

# 大学城的枪声

静静的晚上，位于大学城的学生公寓楼群里却人声鼎沸。

忽然，一声枪响划破了夜空，学生公寓嘈杂的局面变得更加混乱。大多学生随着枪声来到了一间独栋别墅式公寓，见这座公寓里的二楼房子里，大学生哈里已倒在了血泊中。

一位学生立即打电话，报告了警察局，探长亨利带着助手马上就来到了学生公寓。

亨利经过调查，知道这座公寓里共住着四个学生，死者哈里，还有比尔、桑尼和格伦。亨利觉得这三个学生都有嫌疑，便把他们三人隔离开，分别进行单独讯问。

亨利先生讯问比尔："哈里被枪射中的时候，你在干什么？"

比尔讲道："我正在修车，我把一盏灯带到了屋后面车库那里，插上电源打开灯修车。就在这时，房间里传来了枪声，我马上跑进屋去。”

亨利又开始讯问桑尼：“听到枪声时，你在干什么？”

桑尼一瘸一拐地来到亨利面前说：“我把车停在屋后的一个胡同里，向后门走的时候，被地上的电缆线绊倒了。我坐在地上揉着脚腕，大约两分钟后，我听到了枪声，就抓紧站起来了。”

亨利开始讯问第三个人格伦：“枪响的时候，你在干什么？”

格伦说道：“当时我正往厨房走，我想到厨房盛一杯冰激凌，这时，我听到后门那里有声音，就往外看了一眼，外面漆黑一片，我就又回到厨房取冰激凌了，几分钟后听到了枪声。”

为了证明他们说的话，亨利开始检查房子，在厨房的冰箱旁，他找到一杯融化的冰激凌，在后院的地面上，他看见了电线插头已经被扯出了插座，电线连接的灯还悬挂在比尔的汽车已经打开的引擎盖上。

亨利重新回到屋里，指着比尔讲道：“你在说谎，凶手就是你！”

比尔申辩道：“我怎么就是凶手呢？你搞错了吧！”

亨利当着众人的面，指出了比尔的犯罪事实，比尔当时就无言以对了。

**思考提问**

亨利为何说比尔是凶手呢？

**答　案**

格伦听到了后门那里有声音，说明桑尼确实在命案发生前回了家，并且被电线绊倒了，这样扯出插座的电线，就又表明了尼桑说的是实话。可是，既然尼桑摔倒，扯出了电线，正在修车的比尔就应该突然陷于黑暗之中，可比尔却没有向亨利提到他的电灯忽然间熄灭，这是因为此时他正在悄悄地上楼，杀死了哈里，而电灯熄灭他根本不知道。

# 神秘的凶器

第一次世界大战期间，同盟国指挥官华托夫投降了协约国，这对同盟国十分不利。华托夫熟知同盟国的战术、兵力布局甚至将领的习惯，这些绝密情报让他成为了同盟国军队的头号敌人。

同盟国军队派出了很多身怀绝技的杀手去暗杀他，可是华托夫上校家护卫森严，而且他还是拳击好手，去暗杀他的人不是被抓住，就是在其铁拳下丧生。

华托夫因此洋洋自得，自称是“不怕刺杀的人”。

一天晚上，华托夫带着警卫偷偷爬到一座山上，观察同盟国军队的状况。这座小山虽然不高，可是非常陡峭，山下有一条蜿蜒的小河，南方军队就驻扎在小河边。

华托夫和警卫们

悄悄攀上山顶悬崖,趴在悬崖边缘察看同盟军的部署情况。

过了很长时间,警卫们发现华托夫还趴在悬崖边缘不动声色,轻声呼唤也没有反应,不由焦急起来。他们把华托夫拉起来一看:华托夫已经死了!

警卫大惊失色,连忙把华托夫抬回营地,请军医检查。

军医经过仔细检查,发现华托夫全身一个伤疤都没有,平时强壮如牛的华托夫怎么会死呢?一时间谣言四起,大家全说这是上帝的惩罚。

这事越传越远,传到了某位神探耳中,他思索了一下说:“这不过是个巧妙的杀人事件,如果我没有猜错的话,华托夫的望远镜肯定遗落或者丢失了。”将信将疑的人们赶到那座小山,果然在小河里发现了卡在河床上的望远镜。

**思考提问**

请问,华托夫是怎么死的?这个大侦探又怎样在千里之外预料到遗落的望远镜呢?

**答　案**

华托夫平时身体健壮,心脏健康,他的死亡一定是非正常死亡,因此不能排除他杀的可能。考虑到他死在观察同盟国军队的时候,所以死前接触的最后一样东西很可能就是望远镜,而望远镜同样可以成为杀人的凶器!被买通的警卫只要把一根毒针和调节焦距的旋钮连接在一起,就能让华托夫自己杀死自己!当他转动旋钮的时候,毒针刺中眼球,导致心脏猝死。

而华托夫在被刺中的刹那,自然本能地将望远镜丢掉。他身处悬崖边,这一举动无疑恰好毁掉了最后的证据。

# 一枚金币

午夜时分，郎波侦探驾车经过某住宅区时，忽然发现路旁躺着一个人。朗波侦探下车一看，那人已经死亡，脖子上留有明显的勒痕。

这时，旁边一家住宅走出一个人来，走上前来弯腰一瞧，惊恐地叫了起来："啊，这不是霍普金斯吗！我想到过会出这事。我警告过他！"

“警告过他什么？你是谁？”郎波问。

“警告他不要总是把那些金币弄得叮当响。我叫路希，霍普金斯和我是18年的老邻居了。他总喜欢把他的金币弄得叮当响，似乎特意要招人抢劫似的。”

“那金币值钱吗？”

“钱倒不值多少。我告诉他要小心点的，金币有没有被盗走？”

朗波检查了尸体，在霍普金斯口袋里发现了一枚金币和1美元的纸币。

朗波马上逮捕了路希。

**思考提问**

你知道朗波逮捕路希的根据是什么吗？

**答　案**

霍普金斯口袋里只有一枚金币，所以不可能发出叮当的声响，所以可以判定路希撒谎。

# 翻船事故

贝加尔湖是世界上最深的湖泊,就透明度而言,更是世界上首屈一指的。从水面上甚至能看到水下40米深处。

就在一个夏天的清晨,贝加尔湖水面上发现了一具漂起的男尸,一条小船翻扣在水面上。看上去似乎是有人在划船游览时,被风吹起的波浪打翻了船而造成船翻人亡的。根据验尸结果,推断死亡时间是

昨天晚上7点钟左右。死者是位于湖泊西南岸上某机械厂的制图员，住在五层楼高的单身宿舍。因为患有恐高症，他的房子在一楼。

“他不会游泳吗？”警察去他的工厂向他的同事们了解情况。

“经常见他去体育馆的游泳池游泳，他是会游泳的。因此，当翻船后他掉进水里时或许是发生了心脏麻痹死去的吧。因为即使是在夏季，贝加尔湖的水温也是很低的。”同事们回答说。

可是，警察忽然想到了什么，便马上明确地断定说：“即使是溺水而死，也不可能是划船事故，这是一宗罪犯伪造翻船事故的谋杀案。”

**思考提问**

你知道这是为什么吗?

**答　案**

警察记起了死者有恐高症，住在单身宿舍一楼的情况。有恐高症的人，与害怕从高楼上向下看一样，同样也会害怕坐船去深海和湖泊游览。乘小船时只要从船舷向水面下一看就会感到头晕目眩，两腿发软。一个患有恐高症的人是肯定不会自己到湖里划船去的。

# 失落的宝刀

一天，武藏被城主细川召见。

“听说你昨天去见过赤尾军兵卫？”细川公严厉地问道。

“是的，赤尾邀我去，我只待了半个时辰。”

“今天清晨，发现赤尾死在自家的客厅里，腹部被刺，是坐着死去的。”

“那么,您怀疑我是凶手才叫我来的吧?”武藏不由得脸色发白。

“军兵卫在你来之前,是我领地内最好的剑客。假如在暗中从背后刺他就不好说了,但能从正面刺中他的非你莫属啊!”

武藏闭目回忆着昨天见赤尾时的情景。军兵卫和武藏一样都是单身汉。并且,昨天正赶上仆人外出买东西,他还抱歉地说:“连粗茶也无法招待。”所以,没有证人来表明武藏昨天离开时军兵卫仍然健在的事实。

细川公进一步追问:“我把你叫来, 军兵卫本来心里就不痛快,他觉得剑术教练的地位受到威胁。到底军兵卫是出于什么用意把你叫到他的住所呢?”

“他说,他从一个刀剑鉴赏家手里搞到了一把宝刀,一定要让我看看……

“可是,根据验尸报告,当时并没有发现什么宝刀。”

“那就是被凶手带走了吧。”武藏坦然地回答,又接着说:“可是,假如不是我的眼睛不好,那么那把刀一定是把假刀,据传那把宝刀在刀尖五寸处有卷刃,但是,昨天军兵卫给我看的那把刀,却并无卷刃。”

“那么,你把这个细节告诉军兵卫了吗?他会很失望吧?”

“不,对于正陶醉于不惜重金买到了稀世珍宝的他,当面泼冷水未免太残酷了,因此我什么也没有说,可是,赤尾是个洞察力很强的人,也可能察觉到我欲语还休。”

“嗯……如果凶手不是你，能刺杀军兵卫这样的名剑高手的人又会有谁呢？”细川公从武藏身上移开怀疑的视线，嘟囔着。

武藏深施一礼，退到外面屋子，用腰里的短刀划破小指尖，用流出的血在白纸上写下了什么，随后，再次来到细川公面前。“我写下的是凶手的名字。恐怕除此人外，没有人能刺杀得了赤尾军兵卫了，请马上调查。”

## 思考提问

那么，军兵卫是怎样被刺的？武藏告发的内容又是什么呢？

## 答　案

刀剑鉴赏家是凶手。武藏写在纸上的凶手是卖给赤尾军兵卫那把假宝刀的刀剑鉴赏家。鉴赏家即使在武士面前随意拔刀，武士也不会有戒心。当赤尾军兵卫经武藏鉴定意识到刀是假货后，大概会将那个鉴赏家叫来，鉴赏家拔出刀来给他看，装成说这说那的样子，忽然将刀刺向军兵卫的腹部。

# 蒙面占卜师之死

因电视节目而名声大噪的蒙面占卜师，在某一天晚上，不知被何人所害，死因系有人在占卜师喝的咖啡里投了毒。对于该占卜师的私人生活，无人知晓，至于他长得什么样子，过去是干什么的均是个谜，就连他死时，脸上也仍然戴着面具。经过调查，嫌疑犯有三人：占卜师

的妻子洋子、占卜师的弟弟隆一、来请占卜师占卜的客人山村。

据查，洋子得知占卜师在外拈花惹草，每晚吵闹不休，有充分的作案动机。占卜师之弟隆一为其兄向他借了一大笔钱不还而怀恨在心，事实上杀人现场的金柜也被洗劫过，此人有重大嫌疑。另外，在占卜师被杀当日来访过的客人山村也有作案嫌疑。

## 思考提问

以上三人在占卜师死亡推定时间内都无不在场证明。那么，你知道罪犯究竟是哪一位吗？

## 答 案

罪犯是山村。

嫌疑犯中了解占卜师长相的是其妻子洋子及弟弟隆一，也就是说，对于这两个人，占卜师没有必要蒙面，而事实上占卜师是蒙面与来人喝咖啡时被毒死的。这就是说，占卜师接待的是不好让对方看见自己面目的人。如此说来，凶手只能是来求卜的山村。山村由于无力偿还债款，因此盯上了正走红的占卜师，认定他会存有可观的积蓄。

# 方块Q

一天夜里，单身生活的扑克占卜师在自己公寓里被杀。他是被利器击穿后背致死的。推测被害时间是上午9点左右。看上去是在占卜时后背受到突然袭击毙命的。尸体旁边散落的都是扑克牌。占卜师手里紧紧地拿着一张牌，是一张方块Q。

“为什么手里会拿着一张方块Q呢？”警方感到奇怪。

“肯定是给我们留下的凶手线索！”罗根很肯定地说。

“可凶手和钻石之间又有什么关系呢？”

“扑克牌中的方块与真实宝石中的钻石不同，是金钱的意思。红桃代表圣杯，黑桃代表剑，梅花代表棍棒。”罗根解释说。

不久，检查结果锁定了以下两个嫌疑犯：职业棒球投手、宠物医院的女院长。

“两个人好像都与扑克牌里的方块没什么关系。”警方很是疑惑。

“这个就是凶手。”罗根肯定地指出了凶手。

**思考提问**

凶手到底是谁呢?

**答　案**

真凶就是宠物医院的院长。扑克牌里的方块Q是queen的首写，女王的意思，也就是女人。两个嫌疑犯中只有宠物医院院长是女性。本故事的关键是从嫌疑人的特点出发，根据提供的线索，从两方面同时推敲。

# 强迫自杀案

案件发生在蒸汽机车全盛时代的1945年。XX线的R车站不停特别快车。某天夜里，特别快车在通过R车站不久后，轧死了一个卧轨的女人。最初以为这女人是卧轨自杀，可事后调查证实是他杀的。被害人被强迫吃了安眠药而熟睡，随后又被搬到铁道线上。很快，警方就找出了重大嫌疑犯，此人就是与被害人已分居的丈夫。

但是，当刑警问及其不在现场的证明时，他却作了如下回答："发生事故时，我就在那趟列车上。自己乘坐的列车轧死自己的老婆是何等不幸呀！可不管怎么说，我不是罪犯。如果不相信，去询问列车员吧。他会证明我确实坐在这趟列车上的。"

为此，刑警找来那趟车的列车员与嫌疑犯当面对质。

"真的，这个人确实坐在车上。刚刚过了R车站，他就来到乘务室向我打听联运轮船的时间。发生事故是在那之后。"列车员回答。这样一来，嫌疑犯就有了充分的不在现场的证明，可以排除嫌疑。可列车员似乎突然想起了什么，又说："说起这事，刑警先生，那天夜里在列车通过R车站之前不远处，曾临时停过一次车。是因为有人跳车所以才紧急刹车的，可我同司机下车一看，轧死的不是人，只不过是一具人形模特。"

"什么？人形模特……"

"肯定是有人要阻止列车前进！"

刑警一听，马上就识破了受害人前夫巧妙的犯罪伎俩。

**思考提问**

那么，坐在行驶的列车上的罪犯是采用什么方法轧死其妻子的呢?

**答　案**

罪犯先用安眠药使妻子睡着，再弄到铁路线上，随后赶紧折回R车站方向，把人形模特放在这一带的铁路线上。当特快列车轧上人形模特紧急停车时，他又趁乱上车。这么一来，当列车真的轧死人时，罪犯已在列车上了，因此有了不在作案现场的证明。本案的关键在于找到凶手可能跑出去作案的时间，随后情景再现，没有抽丝剥茧的推理能力是无法侦破此案的。

# 天燃气泄漏案

有人用力敲打管理员大久保的房门。大久保打开门一看，门外站着个陌生人。

“我叫柏木，是住203室石川洋子公子所在公司的上司。这几天她没来公司上班，因此我来看看。我觉得她房里有些不对劲儿，能不能请你跟我一起去看看？”

有些吃惊的大久保同柏木一起来到洋子住的房间，敲了敲门，里面没有声音。

“该不会是……”柏木惊叫一声，用力撞开门冲进房间。

房子里充满煤气味。煤气炉的阀门开着，门窗都用胶布封了起来，躺在床上的洋子已经死了，可看上去像是在睡觉。床头地上丢着一个安眠药瓶。任何人看了都会觉得她是自杀了。

**思考提问**

门缝上的胶布引起了管理员大久保的疑惑，你知道是为什么吗?

**答　案**

门上的胶布在撞门前就被开封了。

罪犯让洋子服用了安眠药睡下之后，用胶布将门窗的缝都封上，再将煤气阀门打开，制造洋子用煤气泄漏自杀的假象。可是，自己在出门时无论如何都要破坏门缝上的胶布。事后，他又装作若无其事的样子叩开了管理员大久保的房门，请他一道去看看洋子的房子。带着大久保来到洋子房前的罪犯，用身体将门撞开，好像让大久保确信门上的胶布是此刻刚刚被弄开的。正是他的这一行动，引起了大久保的怀疑。

# 背后冷箭

警探加藤刚到家里，就接到一个电话，说夜里10点时，某校有个学生死在宿舍楼门前。

加藤来到现场，只见死者倒在学生宿舍楼正门外，头朝正门，脚朝向大道，匍匐在地上，背部被垂直射入一枝羽箭。死者是外出归来正要打开宿舍大门的时候，从背后中箭，倒下死去的。

加藤轻轻地翻动了一下尸体，发现尸体下面有三枚硬币，在灯光的照射下闪闪发光，加藤把硬币捡起放进了衣袋。

加藤站起身来，询问一旁的大楼管理员：“这栋楼有多少学生居住？”

“现在正在暑假期间，学生们全都回家了，只剩下小西和川本两人。这两人都是射箭选手，听说下周要参加比赛。”管理员说到这里，抬头看了看学生公寓楼，指着对着正门的二楼房间，介绍说，“那就是川本的宿舍。”

“昨晚10点左右，川本从二楼下来过吗？”

“没有，一次也没有。”管理员摇头。

加藤走进川本的宿舍，川本正在睡觉。他揉着蒙眬的睡眼，吃惊地说：“怎么，你们怀疑我杀死小西吗？请不要开玩笑，小西明明是在正要开门的时候背后中箭死的嘛！就算我想杀死他，但是从我的窗口只能看见他的头顶，是无法射到他的背部的啊！”

加藤走到窗口，探出身子看了一眼，又转过身，从衣袋里掏出那三枚硬币，对川本说：“这是不是你的？或许上面还印着你的指纹呢！”

川本一看，结结巴巴地说：“大概是我晚上回来时，不小心从兜里掉出来的。”

加藤摇了摇头，对川本冷冷一笑，说：“不，不是无意中掉下来的，是你故意设下的圈套！”

**思考提问**

那么，加藤是如何断定川本是真凶的呢？

**答　案**

三枚硬币肯定是从楼上扔下来的，而正对着宿舍门口的恰好是川本的房间，受害人从外面回来，见到地上有三枚硬币就蹲下去捡，川本就利用此时作案。

# 反锁的酒窖

波依德先生一般都是乘星期五上午9点53分的快车离开他工作的城市，两个小时之后到达他郊外的住宅。但是有一个星期五，他突然改变了他的习惯，在没有通知任何人的情况下，他乘坐了那天晚上的火车。

回到家里已近午夜零点，他听到他的秘书阿必特正在地下室的酒窖里面喊“救命”。波依德砸开门，把秘书放了出来。

“波依德先生，您总算回来了！”阿必特讲道，“一群强盗抢了您的钱。我听见他们说要赶今天午夜零点的火车回纽约市去，现在还剩下几分钟，怕来不及了！”

波衣德一听钱被盗走，着急万分，就请海尔丁探长来调查此事。

海尔丁找到阿必特，阿必特说：“强盗离开时逼我服下了一粒药片——大概是安眠药之类的东西。我醒来时，正巧波依德先生下班回来。”

海尔丁观察了酒窖。这是个并不很大的地窖，四周无窗，门可以在外面锁上，里面只有一盏40瓦的灯泡，发出不太耀眼的光，但足以看清楚了。

海尔丁在酒窖里发现了一块老式机械表，他问阿必特：“发生抢劫时你戴着这块手表吗？”

“呃，是，是的。”秘书回答。

“那么，请你跟我们好好说说，你把钱藏在哪儿了。你和那些盗贼是一伙的！”

阿必特一听，顿时瘫倒在地。

## 思考提问

你知道探长是怎样识破秘书的诡计的吗？

## 答　案

由于酒窖四周无窗，阿必特若真的失去感觉，醒来后就无法知道外面是白天还是黑夜，就是有老式手表，他也无法知道到底当时是近中午12点还是晚上12点。而按照波依德平时的习惯，总是在中午12点左右到家的，这样阿必特听到波依德回来时就会认为是中午，而不会催波依德到车站去追赶午夜列车的强盗了。

# 浴缸失魂

一天晚上，张大友接到姐姐打来的电话，说有要紧事情让他马上到她家去。

原来她姐姐遇到一件棘手事情。她的朋友文芳晚上有事住在她家里，但是文芳睡觉前洗澡时，忽然心脏病发作，死在浴缸里了。大友姐

姐不敢通知警察局，怕警方怀疑是她杀了文芳而引起麻烦，所以求大友把文芳送回她一人住的别墅的浴室里，伪造现场。

张大友把文芳送到她的别墅时，天都大亮了。幸好别墅坐落在森林边缘，没有人看到。张大友悄悄地把文芳放进浴缸里，打开热水器，让浴缸放满温水。接着他把文芳的衣服挂在衣架上，把手提包和高跟鞋放在桌子上，然后便悄悄地离开了别墅。

当天下午3点左右，文芳的尸体被同事发现了，很快报告了警察局。法医检查后说："死因是心脏病，自然死亡。"

正在现场调查的探长忙问："是什么时间死亡的？"法医说："更详细的情况需要解剖尸体才能断定，初步推断大约是在晚上10点到12点。"探长环视四周，沉思一会儿后说："如果是死于心脏病，又是这个时间，那么这个浴室不是第一现场，一定是谁怕尸体引起麻烦才运到这里来的。"

## 思考提问

张大友有什么疏忽，使探长判定尸体是从别处运来的呢？

## 答 案

由于发现电灯是关着的。假如文芳是昨晚11点左右进入浴室后猝死的，那么浴室里的电灯肯定是开着的。张大友把尸体送到别墅时，天已大亮，所以，他根本没想到要开灯。

# 铁汉之死

剧场里,马上要上演一场杂技节目。舞台监督让人去找大力士铁汉作准备。不久,只见演员程华慌慌张张地跑了过来。

“不好了,铁汉死了!”

“在什么地方?”舞台监督和剧团团长全都站了起来。

“在装道具的小仓房里。”

团长对舞台监督说:“你先安排下一个节目上场,我去后面看看。”

程华领着团长等人朝小仓房跑去。

小仓房里,铁汉直挺挺地躺在地上,两只手紧紧地掐着自己的喉咙,脸上布满了痛苦的神色。

团长吩咐大家不要随便进入现场,并命人马上向警察局报案。

几分钟后,黄警长和几名警察赶到了现场。黄警长等人仔细观察了现场,发现现场除了铁汉的脚印外,还有两个人的脚印。随后,他来到团长跟前问道:

“是谁先发现被害人的?”

“是程华。”

“让他来一趟。”团长让人赶紧把程华带来。

“是你看到铁汉被害的吗?”

“是我发现的。”

“你把刚才看到的情况再详细和我说说可以吗?”

“可以。”程华抹了把额头上的汗水,讲道,“刚才,台上有个布景架子活动了,我想到小仓房里拿根绳子把它捆绑一下。但是,我刚走到小仓房的门口,听见里面有动静。我从门缝往里一看,吓得几乎叫出声来,我看到铁汉正在使劲掐自己的脖子呢。我就进去使劲扳他的手,但是他力气太大了,怎么也扳不开,便跑出来喊人。谁知当我把人找来时,他已经死了。”

听完程华的情况介绍，黄警长哈哈大笑起来：“程华，我看你还是把真实情况说出来吧！你的同伙是谁？”他厉声喝问。

人们惊讶万分，都把目光集中到了程华身上。

“怎么怀疑到我头上了！”程华极力掩饰着自己内心的恐慌。

“那是你自己表演的结果。讲吧，你和谁一起害死了铁汉？”

在黄警长威严目光的逼视下，程华只得交代了和本团另一个演员一同谋杀铁汉的犯罪事实。

## 思考提问

你知道黄警长是如何知道程华是凶手的吗?

## 答　案

不管一个人的力量有多大，也不能把自己掐死。因为，当一个人把自己掐昏后，手就自然松开了，用不了多久他还会缓过气来。

# 山冈上迷人的花朵

一个夏天的清晨，在加拿大温哥华，一片可以俯视海湾的山冈草地上，发现了一具三十五六岁妇女的尸体。

警察经过身份调查得知，死者在市内一家公寓里独居，她丈夫在几年前因飞机失事遇难，此后她便靠抚恤金和保险金维持生活。因花粉过敏她很少外出，喜欢织毛衣和刺绣，是个性格孤僻的女人。

推定死亡时间为前一天晚上。死因是氰酸钾中毒。尸体旁边扔着掺有氰酸钾的果汁易拉罐空筒。空筒上还留着她本人的指纹和唾液。

而且,发现她的手提包里装着日记本,里面抄写有一首美化死亡的诗句。于是,警察把它当成遗书,认为此案为自杀。

可是,当死者的哥哥从渥太华赶来收尸,并顺便到山冈上看看妹妹死去的现场时,就马上向警察提出:“刑警先生,妹妹不是自杀。如果服毒自杀,她也绝不会选择这种场所的。”

警察大吃一惊,问他缘由。他指着现场盛开的黄色野花说明了理由。之后,他又接着说出:“罪犯肯定是从妹妹那里抢夺了钱财而毒死她的。随后又移尸至此,伪造服毒自杀的假现场。至于那份所谓的遗书,其实是妹妹从小就喜欢诗词,早就抄到日记本上的。肯定是罪犯拿到了妹妹的日记而利用了它。总之,请重新进行调查。”

在他的强烈要求下,警察重新进行了调查,几天后便抓到了罪犯。罪犯是个叫杰克逊的中年单身汉,是今年年初才搬到被害人住的公寓里来的。当他知道隔壁住着个小有钱财的寡妇后,便花言巧语地靠近她,百般引诱。此后,正如被害人的哥哥所推断的那样,罪犯伪造她服毒自杀的假象,将尸体转移到山冈上的草地里。罪犯以为自己伪装得很成功,可没想到由于被害人哥哥的发现而使事情败露。

## 思考提问

奇怪的是,被害人的哥哥怎么一眼就看出现场有问题,对妹妹的死因提出疑问了呢?

## 答　案

被害人的哥哥看到妹妹尸体所在山冈的草地里野草丛生,并且盛开着黄色小花,所以对妹妹的所谓自杀产生了怀疑。因妹妹患有花粉过敏症,假如来到这里,就会马上连续不断地打喷嚏,涕流不止。因此,她绝不会特意选择这种场所自杀的。

# 不翼而飞的赎金

某董事长的孙子被人绑架了，犯人索要1000万的赎金。

犯人通过电话提出如下要求：

“把钱用布包起来后，放进皮箱。今晚11点，放在M公园的铜像旁边的椅子下面。”

为了保住爱孙的性命，董事长按照犯人的指示，把1000万的钞票放入箱子里，送到了铜像的椅子下。

到了11点左右，一个年轻的女人来了。她从椅子下面拿了皮箱后就很快地离去了，完全不顾埋伏在四周的警察。

那个女人向前走了一段路后，就拦下了一辆恰巧经过那里的出租车。而埋伏在那里的警车，马上就开始跟踪。

不久后，出租车停在了S车站前。那个女人拿着皮箱从车上下来。警车上的两名刑警马上就跟上了她。

那个女人把皮箱寄放在出租保管箱里，就空着手上了电车月台。其中的一个刑警留下来看着皮箱，另一人则继续跟踪她。

可是很不巧，就在那个女人跳进刚驶进月台的电车后，车门就关了。于是无法继续再跟踪了。

但是，那个问题皮箱还被锁在保管箱里，她的共犯一定会来拿。刑警们这么想着，就更加严密地守护着那个皮箱。

但是，过了好久之后，都不见有人来拿，警方觉得不太对劲儿，就叫负责的人把保管箱打开。当他们拿出箱子一看，里面的1000万元已经不见了。

## 思考提问

你知道赎金是怎么不翼而飞的吗？罪犯又是谁呢？

## 答　案

犯人其实是出租车司机。那名女子受司机之托，从公园把皮箱拿走。出租车司机把里面的钱拿出来之后仍把空的皮箱交给那名女子，拜托她放在车站的保管箱里面。当然他也给了那女子一些酬劳。

# 自杀事件

星期六，一个人在某酒店服毒自杀。第二天，酒店服务员发现了死者，便马上报告主管。“是不是立即报警？”服务员问。“别那么傻。是他自己找死，我们何必去惹麻烦呢？只要警察一来，这件事就会宣扬出去，对酒店的声誉大有影响。”

“可尸体不能不处理呀！”

“丢到后面的公园里吧！警察无非认为又多了一宗自杀案而已。”

午夜，当所有的旅客都睡着后，服务员和主管就悄悄地将尸体抬到后面的公园去了。

他们在草丛中找到一张被人丢弃的报纸，便决定把尸体放在上面，随后将遗书塞入死者的口袋里，并把有毒的杯子放在尸体脚边，令人看来真像在公园自杀一般。主管和服务员做得十分利落，丝毫没有留下与自己有关的证据。

第二天清晨，尸体被发现了。经验尸，证实死亡时间应在星期六夜里9时左右。

老练的探长霍尼在查看过现场后就说：“即使是自杀，可发生的地点也绝不是这里。我推测是有人怕麻烦，才将尸体搬移到此处。”

## 思考提问

你知道霍尼探长凭什么这样说吗？

## 答　案

报纸上的日期露出了马脚。因为死者在星期六（25日）自杀的，又怎么会躺在星期日（26日）的报纸上呢？

# 雨天未湿的伞

一件名贵的玉雕正在博物馆展出，恰好这几天天气晴朗，不少游客都去参观了。快闭馆的时候，一个罪犯也混了进去。他背着照相机，拿着一把晴雨伞，趁人不留意的时候躲到了大厅的楼梯间里。不一会儿，博物馆便清场了。

罪犯等到大厅里没有动静了，就蹑手蹑脚地钻了出来，从晴雨伞的伞柄中拿出撬锁的工具，接着又从照相机套子中取出赝品。这时，外面刚好下起了大雨，风雨声遮盖了一切声音，盗贼便趁机弄开展柜，换下玉雕，随后将一切恢复原状，又躲进了楼梯间。

第二天清早雨还在下，博物馆里的人比昨天少了一些。盗贼从楼梯间溜了出来，他看到游客们正在欣赏那赝品，不由得暗自好笑。但是当他撑开雨伞准备走出博物馆大门时，却被前来参观的罗根拦住了，罗根问他昨天晚上躲在博物馆里干什么？

盗贼做贼心虚，解释不清，罗根马上说："跟我去趟警局吧！"

**思考提问**

你知道罗根是从哪里看出窃贼破绽的吗？

**答　案**

其他人拿的雨伞是湿的，而小偷的雨伞是干的，说明他待在这里一夜没出去。

# 差劲的故事

某中学的高二学生汉高是一位业余侦探迷,平时酷爱看些各国的侦探小说,对福尔摩斯大侦探更是崇拜得五体投地,关于他的书汉高同学非得看上几遍不可。有一次他在某本杂志上发现一篇以福尔摩斯侦探为主人公的故事,作者是这样写的:

福尔摩斯:“奇怪,门内侧的钥匙孔,插了把钥匙,米力发现尸体时,有没有用手去摸过这把钥匙?”

米力:“不,我没有摸,门本来是锁着的,打不开,所以我是从窗口爬进来的。”

福尔摩斯:“好,那我们赶快检查指纹。”

福尔摩斯就在插进的钥匙上撒下了一些化学药剂,用放大镜来查看。

福尔摩斯:“啊!钥匙的手把上,表面和背面都可以清晰看见旋涡型

的指纹,好了,这可以和被害者的指纹核对了。”

福尔摩斯躺在床铺上,用放大镜观察尸体右手的指纹。

福尔摩斯:“啊!钥匙上的指纹与尸体拇指与食指的指纹完全一样。”

米力:“这么说被害者是自己将门锁上自杀的?!”

福尔摩斯:“正是这种情形,像这种简单的案情,实在是用不着我这个名侦探来侦破。”

汉高读完这篇文章后,很生气,认为这位大名鼎鼎的侦探福尔摩斯绝不会用如此错误的证据来判断这件案子,这故事撰写得太差劲了!

## 思考提问

那么这篇故事的错误判断在什么地方呢?

## 答　案

问题就在于钥匙上的指纹。

“钥匙的把柄上,留有被害者拇指和食指的指纹,由此可知是被害者本身把门锁起来自杀的。”这种推断是错误的。

因为我们通常用钥匙开门时,使用的是拇指和食指,不过食指并不是用指尖部分,而是用关节旁边部分,贴于钥匙的把柄,这样才能转动钥匙,所以钥匙的把柄处,应该留的是拇指指纹,而不会留下食指指纹。

如果按照故事所写,留有拇指与食指指纹,那么案情就很明显,犯人是在故弄玄虚,制造被害者自杀的陷阱,把被害者的拇指与食指拿到钥匙上,故意在钥匙上留下死者的指纹,名侦探如福尔摩斯对此案例,不能明察秋毫,而妄下断语,实在令人失望!

# 报警者

一天，一个盗贼来到W公寓，按了一下五楼某个房间的门铃，没有一点儿声响。他俯下身，刚想用万能钥匙打开房门，房子里传出了一个女人的声音："请等一下。"紧接着，她提高嗓门问了一声："谁？"

一会儿，门打开了一条缝，露出了一个美丽的脸蛋。

盗贼一看，忙用力推开房门，一闪身挤进房子，用背顶住门。女郎一见，是个陌生的男人，惊恐地喊道："你想干什么？出去，不然我要叫警察了！"女郎的话还没说完，盗贼便像恶虎扑食一般，冲上来紧紧掐住女郎的脖子。女郎拼命挣扎，一脚踢倒了身旁的小桌，上面的电话掉在了床上。不一会儿，女郎的反抗越来越弱，最终无声无息地倒在了床上。

盗贼见女郎昏死了过去，忙拿过她的手提包翻了个遍，正要打开衣柜，忽然，房门被打开了，冲进来两个警察。

明晃晃的手铐铐在手上，盗贼呆住了。他想：我作案到现在从来没有这样栽过跟头，不过五分钟，窗户关着，窗帘挂着，墙是厚实的，女人的喊叫外面肯定听不见，是谁报的警呢？

**思考提问**

你知道是谁报的警吗？

**答　案**

小偷在按门铃时，那个女郎正在和朋友通电话，她说"请等一下"这句话是对电话中的朋友说的，所以她与小偷搏斗时，话筒摔了下来，她的喊叫通过话筒传到朋友那里，她朋友立即报了警。

# 公主的珍宝

唐朝的时候，女皇武则天赏赐给太平公主许多珍宝，装满了两个食盒，价值几千两黄金。公主很高兴地吩咐把珍宝藏在公主府的仓库里。可没想到的是，到年底却发现珍宝全被盗贼偷走了。公主马上报告给武则天，武皇大怒，马上召见洛州长史："三天之内捉不到盗贼，就问你死罪！"

长史吓坏了，马上召来下属的两县主管捕盗的官员说："两天之内抓不到贼，你们就活不成了！"两县主管捕盗的官员领命回县后，立即向手下负责捕盗的吏卒说："一天之内必须抓到贼，如抓不到，先把你们杀了！"吏卒们害怕极了，但是又拿不出办法破案。

恰巧，这天他们在大路上遇到湖州知府的师爷苏无名，因为一向知道他很有本领，就邀请他到县府。县尉听说苏无名来了，连忙向他请教抓贼的方法。苏无名说："我请求和您一同去宫中面见陛下，到那时再说吧。”县尉答应了他的请求，他们立即进宫。苏无名对武则天说：“请不要限定期限，把两县负责缉捕盗贼的吏卒，全交给我调遣。两月之内，保证可以为陛下抓住这些盗贼。”武则天早就知道苏无名办案有一套，就答应了。

苏无名知道吏卒们抓贼的事缓到下月再办也不迟，就让吏卒们先回家去各办各的事。大家都疑惑地回去了。到了寒食节那天，苏无名把吏卒们都召集起来，吩咐说：“你们分别在各门守候。凡是看到有十几个胡人，穿着孝服出城，往北亡山去的，就跟上，看他们去干什么，随后赶快来向我报告。”

吏卒们分头守候在各门，果然发现有这样一群人出城，就跟在后面观察。当看清他们的活动后，马上赶回城里报告苏无名说：“胡人到一座新坟前祭奠，虽然哭泣，却不悲伤。撤下祭品后，就围着坟堆边走边看，还不时相对而笑。”苏无名听了，指使吏卒们把那群胡人全抓起来，挖开那座坟，把棺材劈开，一看，里边果然装的全是各种珍宝。

武则天听到破案的消息后，不禁大喜，马上赏赐苏无名许多金银、绢帛，还给苏无名加官两级。

**思考提问**

苏无名是怎样破获这个案子的呢？

**答　案**

原来苏无名到达都城的那天，正碰上这伙胡人“出殡”。他们送葬却不悲伤，有的还偷偷地笑，且送葬队伍中没有妇女儿童，苏无名就觉得这伙胡人的行为极不合常理，便猜想他们不是好人，有可能是盗贼。但又不知道他们埋赃物的地方在何处，估计到寒食节扫墓的时候，他们必然还要出城。因此，只要跟着他们，找到那座墓，就可以来个人赃俱获了。

# 牙医诊所内的枪击案

伊曼纽尔医生是一位知名的牙医。一天，他正准备为病人唐纳德的右下齿取出齿模，突然，诊所的后门被悄悄地推开了，一只戴着手套、握着自动枪的手伸了进来。

手枪射出了两发子弹，唐纳德当场丧命。

“我们已经找到了一名嫌疑犯。”警官吉恩一小时后这样对朗波侦

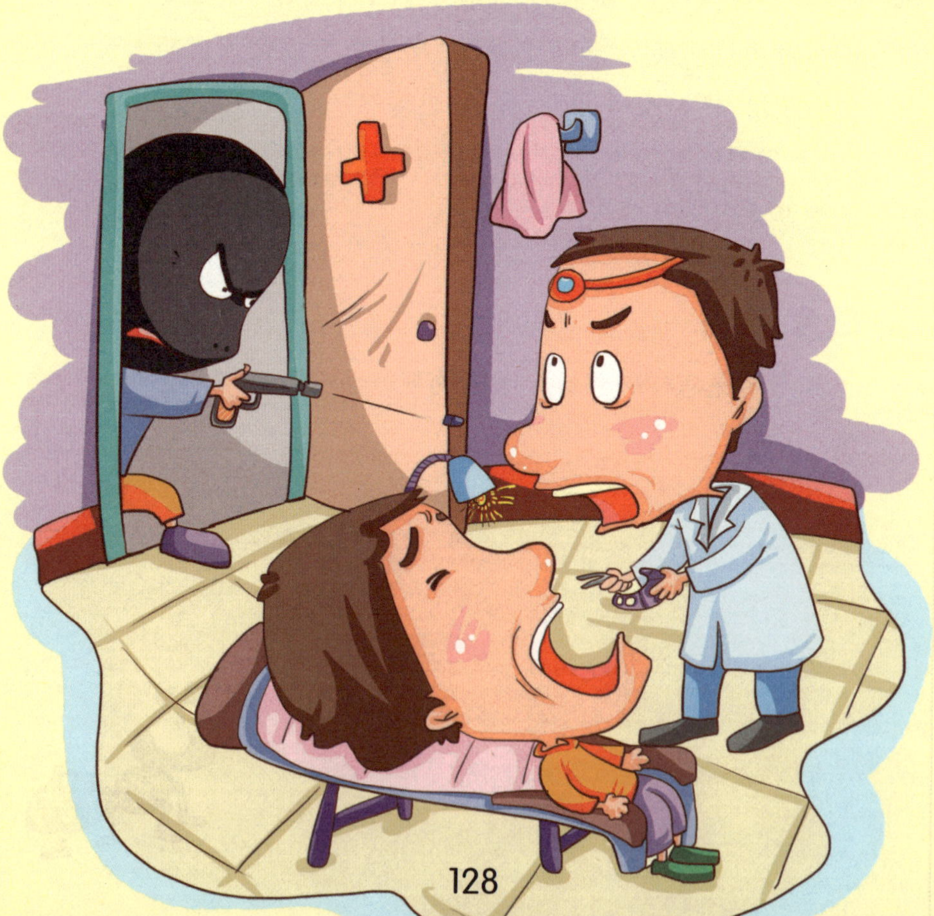

探讲："电梯管理员在枪击案发生前不久，带了一个男人上了十五楼——伊曼纽尔医生就是在这层楼五间诊所中的一间执业的。根据描述，这个男人很像是加百列。"

这样，加百列被带了进来，他生气地问道："这是怎么回事？"

"你最近见过伊曼纽尔医生吗？"警官问。

"没有啊，怎么了？"

"唐纳德不到两个小时前在伊曼纽尔医生的诊所里被人用枪打死了。"

"我整个下午都在睡觉啊。"

"一名电梯管理员说他在枪击发生前不久，带了一个人上十五楼，那个人的模样很像你。"

"怎么可能是我呢？"加百列吼道，"长得像我的人很多。自从进了监狱，我就不曾接近过任何一家牙医诊所。我敢打赌，这位伊曼纽尔不曾见过我，你们又能证明什么？"

"够了，"朗波侦探突然打断他的话说，"你刚才的话已经足够判你死刑了！"

**思考提问**

朗波侦探凭什么说这句话呢？

**答　案**

虽然加百列宣称不曾见过一位叫伊曼纽尔的医生，但却又知道这位医生是牙医，这就露出了马脚。

# 黄金发

一天早晨，在一所高级公寓内，时装模特儿苏珊被害了。发现尸体的恰巧是侦探季川。他是来调查另一个案子时路过此地的，见门没锁，觉得奇怪，就走进屋子想看个究竟。被害人死亡时间推断在昨晚9点至10点之间。

季川同时发现被害人左手握得紧紧的，掰开一看，见手指上缠着几根头发，是烫过的卷发。

正在这时，打工的女佣人来了。

“这是凶手的头发，肯定是被害人在被伤害的时候拼命挣扎从凶手的头上拽下来的。在苏珊小姐认识的人中，有没有烫发的人？”

“要说烫发的人，那就是给设计师当帮手的马休。他是住这个公寓九楼的一个年轻人，曾向苏珊小姐求婚遭拒绝，肯定是怀恨在心而杀了她。”

听了女佣的回答，季川侦探来到九楼马休的房里。

出来开门的马休确实是个金色卷发的美男子。看上去刚刚理过发。季川侦探将苏珊被害的事情告诉了他，并询问他昨晚9点至10点钟在哪里。

“我在自己的房间里看录像。因为单身生活，因此没人给我作证。不过我说的是实话，请相信我。”马休回答说。

“你是什么时候理的发？”

“昨天中午，可这与案件有什么关系？”

“被害人死时，手里留下了凶手的几根金发。为慎重起见，要和你的头发比较一下，你能拔一根头发给我吗？”

“好，可以。拔几根都行，你们检查吧。”

马休忍痛拔了两三根头发。

季川侦探从口袋里拿出放大镜，比较着马休和从被害人手里拿来的金发。

“嗯……完全是同一人的头发！不过请你放心，你不是凶手。”

听了季川侦探的话，马休才放了心。

“那么，为什么苏珊小姐会攥着我的头发呢？”他觉得很纳闷。

“近来有没有憎恨她的人到你这里来过？”

“不，最近没人来……”马休刚说了一半，“啊，差点儿忘了，女佣人来过。每周一和周五女佣人来给我打扫房间和洗衣服。昨天清晨还来给我搞过卫生呢。”

“那个女佣人是不是也去苏珊小姐那里打工？”

“对，是的。那个女佣人每次做完卫生回去后，我都发现我的咖啡和威士忌什么的要少一些。”

“原来如此。谜解开了。凶手就是女佣人。或许因为苏珊小姐当场发现她盗窃，女佣情急之下将苏珊小姐杀害，并想嫁祸于你。”

## 思考提问

季川侦探很快就破了案。那么，证据是什么呢？

## 答　案

发梢的形状不同是关键所在。季川侦探用放大镜对比了从被害人手里拿来的头发和刚从马休头上拔下来的头发，发现发梢的形状不同。

马休的头发是昨天中午刚理过的。发梢被剪得很齐，而被害人手里拿着的头发发梢是圆的，也就是说，是理发之前的头发。凶手女佣人为了嫁祸给马休，在给他清扫房子时偷了几根留在梳子上的头发，放到了被害人的手里。

# 厨房里的谋杀案

在一座红色小洋楼二楼的客厅里，周彪正在请刘岱喝酒。他们是师徒关系，周彪是师傅，刘岱是徒弟。这时，奶黄色的圆桌上已摆好了几道凉菜和一瓶老窖。

“来，喝吧。”周彪拿起了酒杯。

“哎，等等，嫂子呢？”

“她在厨房。”周彪放下酒杯，递给刘岱一支香烟，随后朝楼下厨房

叫道:“姚云,菜炒得怎么样了?”

从厨房里传出了“哐哐”的剁菜声和一个女人的声音:“你先吃吧,我就来。”刘岱听出了是大嫂姚云的声音。

“来,喝吧。”师徒两人对饮起来。

“这是好酒,是你大嫂特地为你买的,来,别撂筷子。”周彪不停地劝酒。

“嗯,真是好酒。”刘岱虽喝不出个好赖,却还是连声应着。两人正喝在兴头上,忽然,楼下传来了骇人的惊叫声。

“不好!”周彪喊叫着跑下楼去。刘岱也跟着跑了下去。

厨房里惨不忍睹:姚云仰倒在血泊中,胸口正中插着一把尖刀。

周彪见状悲痛欲绝,但很快又冷静下来。他对刘岱说:“小刘,你帮我看护现场,我去报案。”很快,市公安局刑警队长翟勇和侦查员小金驾驶着摩托车赶到了案发现场。翟勇和小金仔细查看了现场,对尸体拍照,并询问了周彪和刘岱。

“姚云是什么时间被害的?”翟勇问道。

“刚才,不超过10分钟。”刘岱抢着答道。

“你们进到厨房时,凶手已经逃跑了,是吗?”

“对。”周彪和刘岱同时回答。

“被害人当时就死了吗?”

“嗯,我看见血流满地,姚云一动没动。”刘岱说完,把目光转向周彪,好像是让周彪肯定一下自己的回答。

周彪没有说话,双眉依旧紧蹙。

听刘岱谈到血流满地,翟勇又俯身凝神注视着尸体下面的血迹。

“血流满地?噢……”

翟勇蓦然一喜,可表面未露声色:“小金,你和他们上楼去,把立案报告写上,我再勘查一下现场。”

三个人来到客厅。周彪擦去挂在腮边的泪珠,沏了两杯龙井茶,端到他们两人面前。刘岱正欲劝慰周彪，突然，从楼下厨房里传出了“哐哐”的剁菜声，接着是一个女人的声音：“你先吃吧，我就来。”

刘岱听到这正是姚云的声音，不由得毛发竖起：“见鬼了，难道……”

就在这时，周彪飞身窜出门去，正遇到上楼的翟勇。周彪一个饿虎扑食，直向翟勇压下去，只见翟勇机敏地一闪身，周彪“扑通”滚下楼去。还未等周彪爬起来，紧跟而下的小金便把一副手铐锁在了周彪的手腕上。

这一切来得如此突然，刘岱惊诧不已。当他看见翟勇从厨房取出一台录音机时，又似乎明白了。

在审讯室里，周彪交代了自己喜新厌旧。杀害妻子的罪行。

### 思考提问

翟勇是怎样推理破案的呢？

### 答　案

周彪和刘岱听到惨叫声就往厨房跑，最多用十几秒。而在这短短时间内，现场根本不可能血流满地的。再加上，翟勇又在现场找出了录音机，这便证实了他的推断。因此，他又继续顺情推理，认为最有条件伪装现场的人只有周彪，而能够表明周彪在犯罪时间内不在犯罪现场的人只有刘岱一个人，而刘岱又恰好是被周彪请来做客的。翟勇因此断定谋杀姚云者就是周彪。

# 加盐的咖啡

青年侦探萨拉里前往纽约市警察局拜访，接待他的是警察局的刑事部长。

“部长先生，看你的神态是不是又遇到了什么特别棘手的案子？”

“是的，现在手头有一宗咖啡投毒案，遇到些麻烦，案子毫无进展。其中至为关键的是凶手到底怎么让死者服毒，始终难以确认。”

之后，刑事部长将案情叙述了一遍。

这是一宗光天化日下发生在某公司内，而且又是在众目睽睽之下巧妙行凶的案件。

职员贝克拿着杯子起身去倒了一杯白开水，当回到座位上时，一个女同事殷勤地问："哟，怎么喝起白开水来了，还是让我给你来杯咖啡吧。"

"哦，我是想吃片感冒药。不过吃药归吃药，还是麻烦你再来杯咖啡吧。"贝克边说边从上衣口袋里拿出药包。

"要是泡咖啡的话，给我也来一杯。"坐在贝克邻桌的布朗也仰起头。布朗喜欢喝咖啡在公司内是出了名的。让布朗这么一嚷嚷，屋里所有人都说要咖啡。女同事只好为每个人都准备了一杯，另一位女职员也过去帮忙。这种情形在公司内是司空见惯的。

布朗从女同事拿来的托盘中取了两杯咖啡，其中一杯递给了邻桌的贝克，随后从放在两人桌子中间的砂糖壶中盛了两勺糖放在自己的杯中，再将砂糖壶推到贝克那边。布朗拿起杯子只喝了一口就忽然咳嗽起来，咖啡溅到桌前的稿纸上。贝克见状马上将自己喝药剩下的多半杯水拿给布朗，布朗接过去一口喝尽，可痛苦愈发加剧，杯子也从手中脱落掉在地上摔碎了。

"喂，怎么啦！"贝克赶快跑过来抱住倒下的布朗。

"贝克这个人反应很机敏，他马上让把所有人的杯子包括布朗的杯子在内都保管起来，所以当我们赶到时现场也保护得很好。"刑事部长向萨拉里说道，"经鉴定，被投毒的只有布朗的杯子，其他人的杯子及砂糖中都证实无毒。当然两名女职员曾一度被怀疑，可倒咖啡和送咖啡都是两人一块儿做的，并且一个个杯子又难以分辨，所以除非两个人是同谋，否则很难将有毒的一杯恰好送给布朗。两个女职员既无杀害布朗的动机，也无同谋之嫌。"

"旁边的贝克也无杀人动机吗？"萨拉里问道。

"有。听说此人与布朗玩牌欠了他很多钱。两个人是邻座,但桌与桌之间乱七八糟地堆放了很多东西,贝克要想不被发现往布朗的杯子里放毒是不可能的。"

"说是布朗死前将咖啡溅到了稿纸上,那稿纸保管起来了吗?"

"我想是的。"

"那么就去化验一下稿纸,另外布朗杯子里剩下的掺毒的咖啡我想也取证收起来了吧?"按照萨拉里的意思,一小时后,走出鉴定科的刑事部长高兴地说:"果然不出你所料。"

## 思考提问

那么,贝克是怎么毒死布朗的呢?

## 答　案

贝克将两人共用的糖壶中的糖换成了盐。布朗喝了加盐的咖啡之后不由得咳嗽起来。实际上这时候的杯子里尚无毒药,在场的人不过是事后回忆起来以为是因中毒而出现的病状,而真正掺毒的是贝克递给布朗的那杯水。他或许是佯装吃药弄了一杯水,再偷偷将毒药放入杯中溶化。至于布朗杯子里的毒咖啡毫无疑问是贝克趁众人慌乱之际将剩下的毒药投入其中的。

因此,从溅到稿纸上的咖啡中没有化验出毒物。

为避免生疑,贝克自己肯定也喝了加盐的咖啡。

# 台历上的数字

莱姆警长接到了巴特夫人打来的报警电话说，巴特先生被绑架了。

巴特是沙布尔镇的首富，拥有百万家产。莱姆警长驾车赶到了巴特的乡村别墅。

巴特夫人告诉莱姆警长："两小时前我接到一个陌生人的电话，说'巴特现在还活着，如果你希望巴特继续活着的话，那么请付给我20

万’。接到电话,我才知道巴特被绑架了,那是昨天夜里的事。”

莱姆警长问:“昨天夜里您在哪儿?”巴特夫人说:“昨天我到姨妈家去了,今天上午才回家,想不到会发生这样的事情。”

“罪犯没讲过以什么方法交付赎金吗?”莱姆警长问。

“他只是让我把20万准备好,至于什么时候交钱,交到什么地方,他说‘我会再给你打电话的,假如你报警的话,巴特的脑袋就跟身子再见了’。”巴特太太抽泣着说。

莱姆警长又询问了巴特的仆人,仆人说:“没看清楚绑匪的脸,印象中此人四十多岁,戴着墨镜,帽檐压得很低……从巴特先生把客人带进书房这一点可以看出,来人肯定是先生的熟人,因为先生从不将陌生人带入书房。”

莱姆警长见再也问不出有价值的线索,就开始了搜查。书房里没发现外人的痕迹,即使在明显是“客人”用过的咖啡杯上也没留下指纹。鞋印留下了,可明显是经过处理的平底光面鞋,从这儿无法打开缺口。窗子打开了,从窗子到别墅的后门处,留下了巴特的脚印和“客人”的平底光面鞋印。

“看来,罪犯是逼迫巴特先生从后门出去的,可这并不重要,重要的是这本台历。”莱姆警长对巴特夫人说,“这上面潦潦草草地写着‘7891011’,夫人,昨天你离开巴特先生之前,看见过台历上有这些数字吗?”

“没有,巴特没有往台历上记事的习惯。”

“那么,这串数字十分重要,很可能,这串数字代表罪犯的名字或者是住址。夫人,你知道巴特先生得罪过哪些人?或者您给出一个可疑分子的名单给我……”

“麦克尼尔、舒特、加森、利查斯……但是，巴特所得罪的人不一定就是绑架者呀！”巴特夫人不解地问。

“您已经把罪犯的名字告诉我了。”莱姆警长笑了笑说。

后来，莱姆警长果然凭此线索抓到了绑匪，并在绑匪家的地窖里找到了巴特先生。

## 思考提问

你知道绑匪是谁吗？莱姆警长又是如何将这串数字与绑匪联系起来的呢？

## 答　案

当罪犯逼着巴特从后窗出去，打开窗时，巴特看到桌上的台历，飞快地在台历上写下了一串数字，可巴特怕被罪犯发现，没敢直接写上罪犯的名字，而是采用了数字代码。7、8、9、10、11这一串数字有什么意义呢？在英语里，这正是7月、8月、9月、10月、11月的字头：J—A—S—O—N。

根据这条线索，警长逮捕了加森，并从加森的地窖里找到了巴特先生。

# 火柴盒上的地址

杜三郎为躲债搬到了一个秘密住所，可还是被债主中村发现了。这天夜里10点钟，杜三郎正在客厅里看电视，中村找上门来，他嚼着口香糖，提出索还债款。杜三郎一面央求他宽限一点儿时间，一面从冰箱里拿出啤酒，倒进酒杯，请他喝。趁中村不注意，抄起空酒瓶击倒了他。

杜三郎把车开到很远，把尸体扔进池塘里。凌晨2点回到家，又把房子打扫得干干净净，桌椅、啤酒杯、大门把手及门铃的按键都擦了又擦。这样，中村来访的痕迹一点儿也没留下。

由于神经过分紧张，杜三郎吃了安眠药才入睡，第二天醒来已是傍晚时分了。门铃又响了起来，杜三郎开门一看，有两个刑警站在那里。

“昨晚有个叫中村的到你这儿来过吗？他的尸体今天清晨在S公园的池塘里被发现了，他上衣口袋里的火柴盒背面写着你家的地址。”

“不。昨天晚上没有任何人来我家。我和中村先生很长时间没见面了。”杜三郎故作镇静地回答。但是，刑警们却轻蔑地笑着说：“这可奇怪了。实际今天上午我们已经来过一次了，怎么按门铃也没人开门，以为你家里没人就回去了。赶巧，在大门前我们捡到了一个很有趣的东西。经鉴定正是被害人掉的。”刑警从衣袋里拿出一个小玻璃瓶，让杜三郎看里边装的东西。杜三郎见罪行已被揭露，只好从实招供。

**思考提问**

你知道刑警捡到的到底是件什么东西吗？

**答　案**

小玻璃瓶装的是中村吐到大门外的口香糖渣，而上面有他的唾液及齿型。何况，那糖渣上还没落上灰尘，很清楚地证明是非常新的糖渣。杜三郎在灭迹时疏忽了中村来时是嚼着口香糖的。

# 遇抢的护士

一名男护士在街上挨了一闷棍后遭抢劫，现正躺在医院里昏睡。案发后不到一小时，有三名嫌疑人被带到警察局侦讯室。

贝克街的箫声探长对第一个嫌疑犯A说："A先生，今天早晨在卡姆登路发生了一桩抢劫案，一位护士被打昏在摄政公园入口附近。这个抢匪抢走了被害人的钱包。摄政公园路口设了一个测速照相器。在案发三分钟内，相机照到三辆超速行驶的车子。这就是你出现在这里的原因。A，说说看你今天为什么如此惊慌地超速开车？"

"探长先生，"40来岁的A干咳了几声，"我并没有伤害任何人啊，我希望那个护士先生能赶快好起来呀。我是个生意人，我当时只是急着开车要去机场接客人而已。我6:30起床，不到7:00就赶着出门了。"

第二名嫌犯是30岁出头的银行职员B。“你说的行凶抢劫案跟我无关啦，”B说道，“我前晚带着女友去夜游，一大早就要赶快把她送回家。后来我忽然尿急，想到卡姆登路附近的麦当劳上厕所应急，因此车速可能快了一点儿。”

第三名嫌犯C虽然块头高大，可根据他自己的说法好像是个温柔的好人。“抢劫案不是我干的，我不是那种恃强凌弱的人。每次看见护士我都会过去问问有什么要帮忙的，我最尊敬白衣天使了。”C的口气非常镇定，“我是专程来照顾我姑妈的。我照顾了她四天，见她好很多了，因此吃完早餐后我就急着开车回家了。”

经过电话查询，A的家人证实他是在7:00以前出门的。B的女友证实了他的话。C姑妈的说辞和她侄儿符合，她还说她侄儿十分善良，连一只蚂蚁也不会伤害。

贝克街的箫声探长沉思了一会儿，随后笑着把其中两名嫌犯释放了，留下了一位。

**思考提问**

你知道贝克街的箫声探长留下的疑犯是谁吗？

**答　案**

抢匪是A。A说的一句话“我希望那个护士先生能赶快好起来呀”。在整个侦讯过程中，黄探长只提到受害人是护士，可未提及其性别，一般人多半会以为这位护士是女的，为何A会知道受害护士是“先生”呢？由此可见，A一定“见过”受害人，所以他是抢匪的嫌疑最大。

# 县令断案

一个初夏的夜里，从凤凰湖西岸一间低矮的茅草屋里，忽然跑出一个披头散发的女人，她一边惊慌地跑着，一边呼喊救命。有些好事者开门探视，看到是刘素英，又都很快关上了门。原来，这户人家，男的叫田丰，女的叫刘素英，他们靠耕种二亩良田和纺线织布为生，家里还有一个未满周岁的孩子。田家的日子本来过得还不错，可是近来不知什么原因，夫妻两个经常大吵大闹。邻居们认为夫妻吵架不足为怪，开始还有人劝说几句，后来就没人理睬了。

第二天清晨，一个老汉因为昨天晚上和田丰约好了一早儿进山，就早早地叩响了田家的破竹门。可是房内没有一丝回声。老汉用手轻轻一推门，门没插，咯吱一声开了。他刚一探头，吓得“妈呀”一声，扭头就往回跑。屋里炕上躺着三个血肉模糊的人，正是田丰一家。

很快,有人报告了县令,当县令一行数人赶到案发现场时,这里已经围了几层人。县令听了那个老汉讲述了刚才他所看到的情景后,就进到屋内仔细查看。只见屋内陈设不乱,三具尸体并排横卧在炕上,炕头的一块青砖下压着一张字条,上面写道:

“生不逢时何再生,互往中伤难相命,送汝与儿先离去,我步黄尘报丧钟。”

县令围着三具尸体慢踱着。忽然,他站住了,弯下腰,伸手拉了拉田丰僵硬的胳膊。一会儿县令直起腰,沉思片刻,随后走出茅屋,对还未散去的众乡亲说道:

“田丰杀害妻子后自刎而死,已查证属实。但是这孩子是吓昏过去,需要听见母亲的声音才能被叫醒。本官宣布,谁能学得刘素英的声音,救活这个孩子,田家的财产就归她一半……”

话音未落,人群中就走出一个自称叫冷华的年轻女人,她躬身说道:“大人说话可算数?”

县令仔细打量一下冷华,说道:“一言为定,字出千金。”

于是,冷华上前学起来:“宝贝儿,我的宝贝儿,妈妈回来啦……”但是她叫了半个时辰孩子依然“睡着”。

县令问那老汉:“这与昨天夜里刘素英的声音相像么?”

“像!真像!像极了!”老汉肯定地点了点头。

县令转身对冷华说:“好了,虽然这孩子没被救活,可你学的声音却很像,鉴于田家已无后人继承家业,因此田家遗产全部归你所有……”

冷华刚要谢恩,县令抬手止住了她,继续讲道:“按当地的习惯,外姓人继承遗产,必须砍断院中最粗的一棵树。我看你势单力薄,不能胜任,就由你指派一个最亲近的人来完成吧!”

听完县令的吩咐,冷华伸脖子往人群中看了看。人们顺着她探视

的方向，看见人群外忽然站起一个壮实的汉子。此人膀大腰圆，原来是冷华的丈夫杨亮。他径直奔到县令面前，接过柴刀掂了掂，几步跨到院中那棵最粗的红柳树旁，猛地抡起柴刀劈了下去，“咔嚓”一声，刀落树断。这时，县令的锐眸中闪出了欣喜的光芒。他干咳了一声，人们马上安静了下来。只见他开口说道：“本官对这起人命案已审理完毕，现宣布捉拿案犯冷华和杨亮归案。”

杨亮和冷华“扑通”一声跪在地上，口喊冤枉。

县令瞥了他们一眼，大声讲道：“你们有罪不认，冤在哪里？”

杨亮颤颤地讲道：“田丰杀妻害命而死，大人怎说是被我们所害？”

县令嘿嘿笑道：“这是你们的表演。”说着转向围观的群众，“昨天半夜有人听见刘素英呼喊救命，但是从死尸干黑的刀口上看，发案应在傍晚时分。难道刘素英被杀死后还能到处呼喊救命吗？因此，我想肯定是有人冒名顶替，制造了假象，这个冒名顶替者一定是这起命案的杀人凶手。因此我便决定先从声音上查出冒名者。当查出冷华是冒名者后，我发现她身体单薄，绝非是直接作案人，肯定还有同谋，于是，以田家的财产作为诱饵让凶犯自投罗网。”

县令推断合情合理，杨亮和冷华无可奈何地哀叹两声，只得交代了杀害田丰全家的经过。

原来，杨、田两家一直毗邻而居，自然也交往甚密。谁知天长日久，杨亮夫妇就起了歹心，想吞占田家的财产，于是精心谋划了这个阴险的杀人计策。杨亮首先让冷华利用美貌诱惑田丰上钩，引起田家夫妻不和；又从中挑拨，使田丰和刘素英的关系日加紧张。这天杨亮趁田家夫妇刚刚吵闹过，田丰赌气离家的机会，摸进屋去杀死了刘素英和孩子。田丰回来后，又被砍死在屋内。晚上，冷华化妆成刘素英，学着刘素英的声音，哭喊着从田家跑了出来，在街坊四邻中制造假象。

**思考提问**

田丰全家被杀一案，县令由刘素英的刀伤血迹，推断出有人冒名顶替。可是，却怎么知道田丰不是自刎而死呢?

**答　案**

县令在多年断案中总结出一条经验，即自刎而死的人，执刀的手应该是软的，死后一两日内，手肘可弯曲。但是检验田丰尸体，其左右手都是僵直而不能弯曲，极不合逻辑。由此断定田丰是他杀。

# 平冤昭雪

明朝的时候,广州揭阳县内发生了一起命案。县官朱一明询问了前来报案的两男一女。其中一个长得眉清目秀的青年男子首先开口讲道:“小人姓周名义,以贩布为生。三天前,我与好友赵信商定去外地买布,定了艄公张潮的船,约好第二天早晨在船上会齐,但是那天早上我来到船上左等右等,就是不见赵信的影子。我急忙让张潮去唤他。张潮去到赵家,谁知赵信清早就离家出走,不知去哪里了。我们怕出意外,

就在附近找寻了三天,可至今不见人影。”

周义刚说完,另一男子接着讲道:“小人叫张潮,是个船夫,靠摆渡为生。三天前,赵信和周义来雇我的船,说是第二天要去外地买布。第二天清早,周义来到船上不见赵信,便让我去找他。我在赵家门口连叫三声赵家娘子,赵氏才磨磨蹭蹭地打开门。他对我说,赵信天不亮就走了。”

朱一明听完了两个男人的讲话,又打量了那个女子一眼,问道:“你可是赵信的妻子?”

女子低声答道:“正是。那日早晨,我家官人带了五百两银子匆匆出了家门。等到张潮来寻他时,我才得知他去向不明。我们连续寻找了三天,都毫无踪影。想必官人是遭人陷害了,盼望大人替小妇做主。”讲完,她抹了把挂在腮边的泪珠。

朱一明暗自思考着:赵信老态龙钟,很难讨得比他小许多的赵氏的欢心,周义少年英俊,倜傥风流,怎能不寻花问柳,爱慕佳人?肯定是周义与赵氏有了私情,暗自合谋杀害了赵信。于是,朱一明命差役对周义和赵氏施用重刑。二人受刑不过,只得招供,被投入死牢等待发落。

这时,朝廷大臣张居正巡察来到了揭阳县。他读罢案卷,感到事情蹊跷,决定亲自重审案犯。大堂之上,周义口喊冤枉,说自己是清白布商,从来没有过不轨行为,更不敢夺妻杀人,赵氏也连声喊冤,请求青天大人明察事实真相,抓获真凶为夫报仇。张居正看他们的样子不像有假,就又差人叫来船夫张潮。

“张潮,你把那天的经过再说一遍。要如实说来!”张居正厉声说道。

“是,大人。”张潮并不惊慌,又把那天说给朱一明的话对张居正复述了一遍。

张居正听后“嘿嘿”冷笑道:“好你个大胆贼人,还不从实招供!”

张潮顿时心慌意乱，语无伦次，只得交代了杀人夺财的经过。原来，那天早晨，赵信带着五百两银子先于周义来到船上。张潮见财顿起歹意，趁赵信不备，用石头将他砸死，夺了银子藏好，然后又把尸体绑上重石沉入河底。周义来后，他谎称没见过赵信，还假意上门寻找。他自以为无迹可巡，就可免罪了。谁知张居正断案认真，发现了破绽。

## 思考提问

张居正发现了什么破绽，进而断定张潮就是杀人凶手呢？

## 答　案

因为周义是让张潮去叫赵信，而张潮来到赵家敲门时却直叫“赵家娘子”。张居正推断，此时，张潮肯定已经知道赵信被人杀死了，不然，他就会直接唤赵信开门了，这样才符合常理。